Didier Daeninckx

Camarades de classe

Gallimard

Didier Daeninckx est né en 1949 à Saint-Denis. De 1966 à 1982, il travaille comme imprimeur dans diverses entreprises, puis comme animateur culturel avant de devenir journaliste dans plusieurs publications municipales et départementales. En 1983, il publie *Meurtres pour mémoire*, première enquête de l'inspecteur Cadin. De nombreux romans suivent, parmi lesquels *La mort n'oublie personne, Cannibale, Itinéraire d'un salaud ordinaire, Camarades de classe, Missak*. Écrivain engagé, Didier Daeninckx est l'auteur de plus d'une quarantaine de romans et recueils de nouvelles.

Si personne ne le dit, à quoi nous
sert-il de le savoir ?

JEAN-PAUL SARTRE,
Qu'est-ce que la littérature ?

Le message ne m'était pas adressé, mais cette fois encore je n'ai pas su résister à l'envie d'en prendre connaissance. François s'était levé, un quart d'heure plus tôt, pour aller boire de l'eau au robinet de la salle de bains, avant de venir se rendormir. Sa semaine avait été rude, avec l'annonce du plan social. Il avait longtemps cru que son nom figurerait sur la liste, et, si on l'avait épargné cette fois, il demeurait convaincu que ce n'était là qu'un répit. La nouvelle l'avait à peine soulagé : il en était déjà à redouter la fin du sursis. J'étais persuadée qu'il aurait préféré faire partie des sacrifiés, pour mettre un terme à l'incertitude. Il n'acceptait pas l'idée que son avenir soit borné par des inconnus dont la seule préoccupation consistait à maintenir la courbe ascendante des résultats de l'entreprise en faisant plonger celle des effectifs. S'il s'était engagé dans cette voie, dès l'adolescence, c'était pour préserver la vie humaine, développer les capacités de l'individu... Je l'avais vu avaler un de ses cachets, la veille, en douce, pour tenter d'effacer la nuit et la plus grande partie possible de la matinée du dimanche. Le sommeil l'avait immédiatement englouti, et il ne s'était levé qu'au petit matin, à la manière d'un automate, pour se diriger vers la salle de bains.

J'ai attendu que sa respiration redevienne lente, régulière, pour me glisser hors du lit, quitter la chambre, puis passer dans l'ancien dressing que nous avons transformé en bureau. La messagerie de l'ordinateur s'est ouverte automatiquement sur la boîte personnelle de François. Il fallait que je change d'utilisateur, que je m'identifie, que je tape mon code, pour accéder à mes mails, mais je ne pouvais jamais m'empêcher, avant, de regarder la liste des correspondances reçues par mon mari. C'était pour l'essentiel des courriers d'ordre professionnel, des liens publicitaires, les relances de sites d'enchères sur lesquels il achetait de vieux disques vinyles, des films noirs, plus rarement les lettres des quelques personnes de nos familles avec qui nous entretenions encore des relations. Depuis les élections, et l'adhésion par Internet de François au parti d'un des candidats en lice, tout ce qui avait de l'importance était perdu dans une avalanche d'articles en provenance d'une multitude de groupes politiques. Je n'en connaissais pratiquement aucun, et s'ils semblaient appartenir au même camp, cela ne les empêchait pas de consacrer l'essentiel de leurs forces à élever entre eux une montagne à partir de la moindre divergence. La seule chose qu'ils finissaient par avoir en commun était l'utilisation des mêmes fichiers piratés.

J'ai parcouru la moisson de la nuit, *Radical-Fax*, *ResPublica*, *Écologie Responsable*, *Débat militant*, *Forum alternatif*, *Rupture citoyenne*, sans ouvrir aucun fichier. Puis j'ai fait glisser le curseur sur la ligne où, après le nom de mon compagnon, était détaillé l'objet du seul envoi dont je ne parvenais pas à déterminer la provenance : « Deviens le parrain de ma fille »... C'était assez obscur pour que je clique. Je ne sais pas pourquoi, j'avais immédiatement pensé à une correspondante, avec la petite poussée d'adrénaline générée par la jalousie, mais, contrairement à ce que je soupçonnais, l'expéditeur était masculin, et il signait ses quinze lignes de son identité complète. J'ai détaché un chewing-gum de son alvéole avant de me mettre à lire.

Cher François Bourdet,
Je pense que tu te souviens de moi : nous étions ensemble, il y a une éternité (plus de quarante ans !), au collège Gabriel-Péri d'Aubervilliers. On a fait pupitre commun, de la sixième à la troisième... Je n'avais pas de meilleur copain. On parlait de nous comme de « siamois » !

Ensuite, nos chemins se sont séparés, mon père ayant suivi son entreprise en Loire-Atlantique, alors que tu as, si mes souvenirs sont exacts, poursuivi ta scolarité au lycée Le Corbusier. J'ai retrouvé ta trace (et surtout ton adresse mail) grâce au site www.camarades-de-classe.com. Plusieurs des anciens de notre époque reculée s'y sont inscrits et c'est l'un d'eux, Christian Ellenec (le fils du gendarme, celui qu'on surnommait « la Grosse »), qui m'a fourni tes coordonnées. (Il est à l'initiative de la liste.) C'est bête à dire comme ça, mais j'aimerais bien te revoir. J'ai eu une vie plutôt bousculée, divorce, veuvage suite à un accident de voiture. Je viens de me remarier avec Katarina (elle est russe et tout aussi jeune que son pays...). Elle attend un enfant qui aura besoin d'un parrain... Aussi surprenant que cela puisse paraître, j'ai pensé à toi. J'espère que le souvenir que je t'ai laissé te permettra de répondre favorablement à ce mail projeté dans un univers virtuel, comme on lançait autrefois une bouteille à la mer. Quelle que soit ta décision, fais-moi signe, qu'on s'arrange au moins pour prendre un verre ensemble.

Ton ami d'une autre vie, Denis Ternien.

Ternien... Ternien... J'ai relu le nom plusieurs fois, fermé les yeux pour appeler le souvenir d'un visage, l'écho d'un regard, mais rien n'est venu. C'est au moment où je m'apprêtais à quitter la messagerie de François que j'ai vu qu'il y avait une pièce jointe, sous l'adresse du destinataire. La flèche a traversé l'écran, en diagonale, pour s'immobiliser sur l'icône. Une double pression de l'index sur la souris. La photo en noir et blanc a aussitôt occupé tout le cadre. Une douzaine de jeunes garçons, disposés en rang d'oignons, fixaient l'objectif en essayant d'accrocher un sourire à leurs traits. Les habits du dimanche dont on les avait affublés empesaient leurs silhouettes, contraignaient leurs mouvements comme s'il s'était agi de camisoles. La famille n'était pas présente, physiquement, mais elle laissait traîner ses chaînes. C'est aussi comme ça que je me revoyais, étoile éteinte d'une jeunesse gênée aux entournures. J'ai souri en reconnaissant François. Il se tenait à droite, près du bord dentelé de la prise de vue dont il n'était séparé que par l'épaule et l'amorce du visage d'un personnage occulté par le photographe. Je l'ai reconnu, lui aussi. François portait un costume à larges carreaux sur un pull sombre à col roulé. Le revers de son pantalon, légèrement trop court, flottait au-dessus de chaussures basses à bouts pointus. Une mèche aplatie de cheveux gominés dans lesquels se lisait le passage du peigne lui barrait le front. Plusieurs noms me sont revenus en mémoire tandis que je scrutais les traits de ses copains de classe, Laurisse, Mandelberg, Brainard, Ayahoui, Bernot, Genovese, Berthier, Zavatero, Ellenec, enfin, le fils du gendarme... L'auteur de l'alerte, Denis Ternien, était nécessairement l'une des deux seules personnes que je ne parvenais pas à identifier. J'ai procédé à un agrandissement du cliché en zoomant sur les visages des inconnus. Je penchais pour la gravure de mode enveloppée dans son imperméable de coupe anglaise, plutôt que pour le gosse malingre, maladif, que le photographe avait surpris alors qu'il se grattait le nez. Le groupe posait devant l'entrée d'une entreprise, probablement un immeuble de bureaux. Il était flanqué d'une série d'ateliers dont les toitures en sched découpaient le ciel gris à la manière d'une gigantesque scie. Le nom du fondateur, « Arthur Martin », gravé dans le béton, témoignait d'une époque de pleine confiance où l'on défiait le temps, où on envisageait que la seule modification éventuelle à apporter à la raison sociale consisterait à y ajouter « et fils ». Des panneaux indicateurs, vissés en éventail sur un mât, donnaient la direction des différents secteurs de l'usine. Émaillage, Découpe, Chaudronnerie, Livraisons... Celui qui les dominait pointait vers le centre-ville de Reims qu'il situait à trois kilomètres. Sur le parking, les flaques d'eau se prolongeaient en épousant les ornières creusées par les camions. Elles disaient la mauvaise saison, tout comme le gris du cliché et les branches des maigres arbres désertées par le feuillage.

Je cherchais l'onglet commandant l'effet de

loupe, pour agrandir davantage la photo, quand j'ai entendu le parquet grincer sous le poids de François. Il a élevé la voix, derrière la cloison.

— Tu es où, Dominique chérie ?

J'ai précipitamment refermé la fenêtre « Deviens le parrain de ma fille », avant de lui répondre.

— Je consulte mon courrier... Recouche-toi... Si tu veux, dans cinq minutes, je t'apporte ton café.

Il ne m'a fallu que quelques instants pour équiper le percolateur d'une dose d'arabica, enfourner deux croissants surgelés dans le four à micro-ondes, remplir un verre de jus survitaminé puis disposer le petit déjeuner sur le plateau à l'effigie de Freddie Mercury, souvenir d'un concert donné à Londres. J'ai réussi à faire passer le tout de la cuisine à la chambre sans rien renverser. François m'a adressé un sourire et un baiser en récompense, avec en prime la vue du torse nu sur lequel j'aimais appuyer la tête, le soir, pour rejoindre mes rêves. Il a agité la boîte de sucrettes d'aspartame au-dessus de sa main. Un minuscule rectangle blanc est tombé dans sa paume.

— Tu as reçu quelque chose d'intéressant ?

Je suis allée tirer les rideaux pour ne pas avoir à croiser son regard.

— Pratiquement rien. Même pas de publicité... Je ne sais pas si c'est pareil pour toi, mais je n'ai presque plus d'indésirables... Jusqu'à la semaine dernière, j'en effaçais au moins cinquante par jour. Un tiers de porno, un tiers de jeux en ligne, un tiers de vente de médicaments genre Viagra... Sexe, drogue et fric facile ! La vie, quoi... On dirait que ça s'est évaporé !

Il a pris un croissant brûlant en se protégeant les doigts au moyen d'une serviette en papier pliée en quatre.

— Non, il y en a toujours autant, mais les filtres sont de plus en plus puissants, ils ne laissent passer que ce qu'ils ont identifié comme étant des messages strictement personnels. Le problème, c'est qu'il y a de la casse, la sélection n'est pas parfaite. Le type qui s'occupe de la maintenance du parc d'ordinateurs, au bureau, parle d'une marge d'erreur de cinq pour cent. Il a réussi à sauver des dizaines d'ordres de clients aiguillés automatiquement vers les décharges invisibles de l'Internet... Rien que cette fois-là, l'entreprise aurait pu perdre près de cent mille euros ! Je lui ai demandé des conseils pour équiper nos boîtes personnelles.

— J'ai l'impression que c'est efficace...

Il n'était pas loin de onze heures quand il a reposé le plateau sur la table de nuit, et qu'il m'a prise par la taille alors que je m'apprêtais à retourner vers la cuisine. Sa main a glissé sur ma hanche, le haut de ma cuisse avant de bifurquer pour se plaquer entre mes jambes. Je suis tombée sur le lit, le souffle coupé, avec son doigt qui caressait en moi. Plus tard, je suis restée allongée, incapable de faire autre chose que de prolonger notre étreinte, en pensée, tandis qu'Elton John me chantait en sourdine *I'm Still Standing* :

Well look at me, I'm coming back again...

J'avais dû m'assoupir un instant car, quand j'ai rouvert les yeux, François n'était plus à mes côtés, et je ne me rappelais pas avoir branché la radio. Je me suis levée. Il était en immersion dans la baignoire. Sa tête reposait sur le rebord émaillé, ses avant-bras crevaient la surface mousseuse parfumée au chèvrefeuille. Il m'a fait un clin d'œil tout en maintenant au-dessus de l'eau une grille de sudoku ainsi qu'un crayon à papier à l'embout équipé d'une gomme.

— On ne s'embête pas !

Il venait de se convertir au supplice japonais, après des dizaines d'années consacrées à la résolution des grilles de mots croisés du *Monde* ou du *Figaro*. Et comme tous les nouveaux adeptes d'une religion, il en rajoutait, se mettait à l'épreuve en affrontant des problèmes hors de sa portée, usant autant de caoutchouc que de mine de plomb. Je me suis penchée pour l'embrasser et j'ai pu constater qu'il n'en était qu'au

19

début de l'exercice, il essayait de placer des « 3 ». Il n'était pas au bout de ses peines !

Cela me laissait assez de temps pour répondre à l'ancien camarade de classe. J'ai réactivé l'écran de l'ordinateur, dans le dressing, ouvert la messagerie, cliqué sur le courriel de Denis Ternien pour le relire tranquillement. Ensuite, je me suis appliquée à créer une adresse provisoire destinée à recevoir toutes les communications en provenance de www.camarades-de-classe.com. J'ai choisi un intitulé facile à mémoriser, protégé par le mot de passe « cargo », pris un chewing-gum, puis j'ai écrit mon premier billet :

Cher Denis,
Pour être tout à fait sincère, j'ai été assez surpris de recevoir de tes nouvelles après tant d'années. Je n'ai jamais été très enclin à regarder en arrière, à contempler le chemin parcouru. La nostalgie ne fait pas partie de mon champ visuel, même si je ne suis pas resté insensible quand j'ai revu les visages des copains, sur la photo. J'ai d'ailleurs ressenti un petit pincement au cœur, c'est dire. Cela explique peut-être que j'aie choisi ce travail (ou peut-être est-ce ce travail, sa logique qui a forgé ce trait de caractère : l'éternelle histoire de l'œuf et de la poule...). Je suis cadre dans un labo de recherche, un satellite d'Aventis, et tout nous pousse à ne privilégier qu'une dimension de l'existence : l'avenir. Je suis très honoré de la proposition que tu me fais de deve-

nir le parrain de ton futur enfant. Personne avant toi ne m'avait jugé digne d'un tel honneur. Il s'agit là d'une sacrée responsabilité, et je me demande encore, à mon âge, si je suis assez stable pour m'y engager sans crainte. C'est d'une certaine manière entrer dans une famille par consentement mutuel... Difficile de prendre une décision aussi vite. Laisse-moi le temps de réfléchir. D'autre part, je voulais te signaler que l'adresse électronique que tu as récupérée sur le Net me sert essentiellement pour mes relations professionnelles. Ma secrétaire y a accès, sans restriction, ainsi que mon assistant. L'idée qu'ils puissent avoir connaissance de bribes de ma vie privée (même si je n'ai rien à cacher) est un peu dérangeante : ce n'est pas parce qu'on est dans la recherche fondamentale qu'on échappe à la mesquinerie des rapports humains ordinaires. Moins ils en savent, mieux c'est. Je préférerais donc que tu utilises le mail <u>college64@yahoo.fr</u> pour tout nouveau contact.

Bien à toi.

François Bourdet

Je suis ensuite restée quelques instants à regarder le nom de mon compagnon par lequel je venais de clore momentanément cette correspondance. Jusque-là, je l'avais utilisé dans la vie courante, pour simplifier les démarches, pour éviter les questions. C'était la première fois que je l'usurpais, et, loin d'y voir une quelconque trahison, je vivais ce moment comme une appropriation, presque une récompense. J'y avais pleinement droit, bien que je sache qu'on ne me permettrait jamais de le porter. Trop de choses s'y opposaient.

Avoir franchi la frontière, sans papiers, m'avait donné de la force. L'après-midi, j'ai pris la direction des opérations. Depuis deux ans que les restructurations se succédaient chez Aventis, je devais traîner François au cinéma, au concert, en boîte. Le « treuiller » serait plus juste... Il pouvait demeurer affalé sur le canapé du salon pendant des heures, devant un interminable match de tennis, une insipide retransmission de course de formule 1, une compétition de curling, fasciné par les équipiers du lanceur qui brossaient la glace à l'aide de leur balai devant la boule de granit poli... Je l'avais même surpris à se passionner, tout un dimanche, pour un championnat de pétanque, sur une chaîne du câble, lui qui auparavant méprisait tous les sports, à l'exception du patinage artistique.

Je me suis appuyée sur ce soudain engouement pour l'exercice physique afin de le faire sortir de sa tanière. Il a commencé à renâcler en s'apercevant que je me dirigeais vers la station Vélib' récemment aménagée dans le quartier, rue des Boulets. Il a écarquillé les yeux quand j'ai introduit ma carte d'abonnement dans le lecteur.

— C'est ça que tu avais derrière la tête !

— C'est à un quart d'heure d'ici... Il fait un temps splendide...

J'ai libéré un deuxième vélo.

— Ah non, tu ne me feras pas monter sur un de ces engins ! Je préfère encore le métro... Je n'ai pas fait de vélo depuis plus de quarante ans !

— Sois gentil, on ne prend pas le départ du Tour de France...

Ses mains ont saisi le guidon.

— Je pourrais, n'oublie pas que je travaille dans un labo...

Il a fini par s'installer sur la selle de la bicyclette, plus pour fuir les regards goguenards des badauds que pour me faire plaisir. On a traversé la Seine par le boulevard Henri-IV, pédalé à travers un Paris printanier, remonté le boulevard Saint-Germain en contre-sens jusqu'à une halte, près de la rue du Bac, où nous pouvions déposer nos engins. Je pensais que François, grand amateur de films noirs, serait davantage emballé par les photos de Weegee accrochées aux cimaises du musée Maillol. Il s'est juste attardé devant le cliché du cow-boy fatigué, allongé sur un banc new-yorkais. En revanche, il est resté presque insensible, du moins indifférent, à tout l'attirail des années cinquante plaqué aux murs, toute cette mythologie urbaine en noir et blanc : les architectures verticales, les silhouettes de géants que chapeaux et impers taillaient dans la lumière, les éclats de réel fichés dans le rutilant des carrosseries, les pneus à flancs blancs des limousines, les halos que faisaient les explosions des ampoules de flash des reporters, les minuscules crans luisants de la fermeture Éclair du sac en caoutchouc qu'une main anonyme referme sur le visage d'un mort...

Je l'ai pris par le bras pour l'immobiliser devant un clochard abandonné au sommeil dans une rue balayée par le vent.

— Je croyais que ça allait te plaire...

— Tu crois que c'est le mot ?

Je me suis serrée contre lui en silence. Il a posé sa main sur mon cou.

— Tu n'y es pour rien, chérie. Normalement, ça aurait dû... On a un bouquin de lui, quelque part à la maison. J'aime bien son boulot sur les déshérités, son regard sur les gens différents, mais en ce moment, avec ce qui se passe au bureau, je ne peux pas me sortir cette idée de la tête : je pourrais être un de ses modèles, ou plutôt celui d'un Weegee d'aujourd'hui. Il ne s'en faudrait pas de beaucoup pour que je me retrouve dans l'album... Vraiment pas de beaucoup. Comment te dire... En ce moment, je ne me sens pas dans la peau d'un spectateur... Ce n'est pas des photos qu'il y a en face de moi, plutôt des miroirs... Tu comprends ?

Une pluie fine et chaude, presque une vapeur,

tombait sur Paris quand nous sommes sortis. Les promeneurs levaient la tête vers les cieux pour recevoir la bénédiction de l'ondée, comme s'ils jouaient dans une pub à la gloire d'un shampoing exotique, sous des cataractes. Mais aussi agréable soit-elle il faut tôt ou tard se rendre à l'évidence que l'eau mouille. Nous sommes allés nous abriter dans une brasserie du carrefour de l'Odéon qui proposait un brunch d'apparence royale à un prix abordable. La carte tenait du poème. J'ai tout misé sur le salé, samosas de Saint-Jacques, pétoncles aux endives, mousse de coco au lard croustillant, crème de radis rose au mascarpone, jus de carotte parfumé au céleri, tandis que François assurait une simple mise en bouche avec du calamar farci aux olives et des œufs de caille à la chantilly, se réservant pour le sucré.

Tout aurait pu être parfait, d'autant que le maître d'hôtel nous avait dirigés vers la seule table libre, placée près d'un portrait d'Albert Camus. Consciente d'avoir commis une erreur avec la visite de l'exposition Weegee dont la noirceur ne pouvait, à la réflexion, que peser sur le moral de François, j'ai commencé à évoquer les destinations possibles de nos prochaines vacances. J'ai rapidement été obligée d'élever la voix pour couvrir la conversation de nos voisins immédiats qui avaient hérité du voisinage de Paul Léautaud. L'homme, tassé sur la moleskine, compensait sa petite taille par un timbre particulièrement élevé qui vous tympanisait, comme on a l'habitude de dire dans la banlieue de Dakar. La jeune femme qui lui faisait face n'était pas en reste. Visage plat, mâchoire carrée, elle lui coupait la parole à tout moment sur un ton criard.

J'ai amorcé plusieurs tentatives de communication douce, tout en leur lançant des coups d'œil suggestifs, mais rien n'y a fait. François a haussé les épaules puis s'est absorbé dans la contemplation de ses œufs de caille. Il s'est coupé de fines mouillettes dans des tranches de pain de mie grillées. J'ai renoncé à le distraire, après une dernière tentative pour attirer l'attention de nos voisins de table, et j'ai grignoté mes samosas en subissant les fréquences limitrophes.

Les détails de leur union imminente, à la mairie du VIe arrondissement, constituaient l'unique objet de leurs échanges. On peut comprendre... Sauf qu'ils ne se contenteraient pas, ce jour-là, de prononcer deux « oui » pour un nom, il leur faudrait encore sauver le monde ! Leur mariage se devait d'être écologiquement responsable, respectueux de la couche d'ozone, issu de l'économie solidaire, tendance *green weddings*, comme le susurrait la promise en découvrant une dentition chahutée. Tous les détails de la cérémonie étaient passés au crible de la chasse au gaspi. Sa robe était en cours de tissage dans un village cambodgien, situé à proximité des vestiges de Siem Reap, qui avait relancé la fabrication de la soie biologique. Pour éviter la pollution au mercure indissociable de l'extraction de l'or, les alliances provenaient de la fonte de vieux bijoux de famille démodés. La liste de mariage ne comprendrait que des produits éthiques, issus du commerce équitable. Bien entendu, les faire-part seraient imprimés sur du papier recyclé, à moins que l'on opte pour la solution moins gracieuse de l'envoi des invitations par e-mail. Pour faire bonne mesure, il était prévu que les convives se rendent sur le lieu des réjouissances dans des voitures pleines, grâce à un système de covoiturage. Cela présentait en outre l'avantage de permettre aux invités de faire connaissance au cours du voyage.

Le petit bonhomme a décollé de son siège pour saisir les lèvres de sa future moitié :

— Tu sais quoi ?

— Non...

— J'ai vérifié ce matin, sur le site de Yann Arthus-Bertrand... J'ai refait tous les calculs... C'est encore mieux que ce que je pensais : par rapport à un mariage traditionnel, on divise par trois les rejets de gaz carbonique dans l'atmosphère...

Ils ont fini par demander la note. François les a regardés s'éloigner avec cet air faussement attendri que je connaissais si bien, alors qu'ils longeaient la terrasse du restaurant.

— C'est bien de faire attention à l'ozone, mais ceux-là, ils ne se rendent même pas compte que c'est eux qui en tiennent une couche... Ils polluaient vraiment de la bouche !

Il s'est renfrogné en ne me voyant pas sourire à sa plaisanterie, ne serait-ce que par charité. Difficile de lui avouer que la collision du nom de Yann Arthus-Bertrand avec celui de l'usine aperçue sur le site www.camarades-de-classe.com était la cause de mon inattention.

— Tu te souviens du voyage organisé par le collège, à Reims, chez Arthur Martin ?

Il a brusquement relevé la tête, bombé le torse, froncé les sourcils, comme si je venais de lui pincer les fesses.

— Arthur Martin ? Pourquoi tu me parles d'électroménager tout d'un coup ?

— L'esprit d'escalier... Quand il a prononcé le nom de Yann Arthus-Bertrand, ça m'a fait penser à Arthur Martin... Je ne sais pas pourquoi...

Il a avalé son dernier œuf de caille.

— C'était en quelle année déjà, 63 ?

— Un peu après. Je dirais 1964, plutôt... C'était bien à Reims, non ?

Au lieu de me répondre, il a filé vers le buffet et en est revenu avec une variété de douceurs, abricotins, chips de banane, gelée de pastèque, baklava aux poires... J'ai réussi à ne pas craquer quand il m'a proposé de partager. Il n'aurait pas fallu qu'il insiste.

Il a relevé la tête après avoir longuement contemplé l'assortiment de desserts.

— C'est curieux qu'on n'ait jamais évoqué cette journée depuis le temps qu'on est ensemble. Je me suis toujours dit qu'elle avait compté pour beaucoup dans la manière dont j'ai bricolé ma vie.

— Ne sois pas aussi modeste...

J'ai bien aimé la façon dont il a incliné son visage, le mouvement de ses lèvres pour mimer un baiser à distance.

— Je suis très sérieux. C'est le seul, l'unique voyage en dehors du département de toute ma scolarité.

— Tu ne vas pas me faire le couplet des *Misérables*...

— Non, mais je continue à me souvenir d'où je viens. On ne bougeait pas, à l'époque, comme si notre condition sociale nous assignait à résidence. On ne franchissait pratiquement jamais les frontières du quartier. Qu'est-ce qu'il y a eu, à part cette balade à Reims ? Le reste, c'était des séances de cinéma au Family, au Kursaal, à la salle des fêtes municipale pour voir *Crin-Blanc*, *Le Ballon rouge* ou des documentaires animaliers.

— Arrête, je te dis, tu vas me faire pleurer...

Il m'a tendu une serviette en non-tissé, en guise de mouchoir.

— Pour sécher tes larmes... Reims, ça partait d'un bon sentiment : comme on était tous des mômes de prolos, le directeur voulait nous mettre en contact avec la réalité des entreprises à la pointe du progrès. Il voulait nous ouvrir l'esprit, nous faire découvrir d'autres horizons. À l'époque, le secteur industriel en expansion, c'était l'électroménager. On vivait les Trente Glorieuses, les débuts de la société de consommation. Le pays s'équipait en cuisinières, en machines à laver, en frigos, en sèche-cheveux, en postes de télévision... Je me souviens que nous sommes partis le matin en cortège, avec une classe de Paul-Doumer, dans les deux vieux cars Saviem bleus de la ville. Le nôtre était conduit par un chauffeur surnommé Coquelicot, en hommage à sa trogne repeinte de l'intérieur au Préfontaine ou au Kiravi.

— Tu es sûr que ce n'était pas Mimosa, son surnom ?

— Non, Mimosa, c'était son frère jumeau, le flic qui conduisait le car de police secours... Tout le monde s'était mis sur son trente et un, comme si on allait rendre visite à la famille, en province, et qu'il ne fallait pas leur faire honte. Les parents nous avaient préparé de quoi manger le midi, avec de la boisson, dans une gourde translucide. Dès qu'il faisait un peu chaud, tout ce

qu'on mettait dedans prenait le goût dégueu-
lasse du plastique... Le prof d'histoire, je me
souviens encore de son nom, Laversane, a voulu
que le chauffeur fasse un détour de quelques
kilomètres, pour voir le village où son père avait
été grièvement blessé, pendant la guerre de
14-18. On ne faisait pas l'impasse sur le respect
dû aux anciens... Il a fallu qu'on observe une
minute de silence, sous la flotte, devant le monument aux morts du bled... On a fini par arriver
devant l'usine, à moitié assommés par le voyage.
Direction la salle d'exposition des nouveaux
modèles, du blanc laqué à perte de vue, où un
ingénieur nous a vanté le modernisme de sa
boîte. Un poète ! D'après lui, elle était entrée
directement dans le xxie siècle en faisant l'impasse sur le dernier tiers du siècle précédent.
Tout juste s'ils n'allaient pas se lancer à la
conquête de la Lune ! Ensuite, on a traversé les
bureaux d'études, les laboratoires, on a arpenté
les chaînes d'assemblage, en file indienne, avec
les profs qui nous précisaient que tel boulot sanc-
tionnait deux années d'apprentissage, que tel
autre, plus qualifié, plus rémunérateur, récom-
pensait l'obtention d'un CAP... Tout était propre,
assez silencieux. À un moment, je me suis baissé
pour refaire une rosette à mon lacet de chaus-
sure. Quand je me suis redressé, la troupe avait
franchi une porte à double battant qui donnait
sur un couloir. De l'autre côté, deux directions

s'offraient à moi. L'erreur, c'est d'avoir pris à gauche...

J'ai tendu la main pour prendre des chips de banane que j'ai laissées fondre sur ma langue.

— Une erreur ? Pourquoi ?

— Parce que je suis tombé sur ce qui n'était pas au programme, pardi ! J'ai traversé une cour, et je suis entré dans un atelier très différent du premier... C'est là qu'on emboutissait les tôles des appareils avant le passage dans les bains d'émaillage et les fours de cuisson. Je me suis arrêté derrière une femme vêtue d'une salopette grise, les cheveux pris dans un fichu, les mains gantées, qui était plantée devant un énorme pilon. Elle se saisissait d'une feuille de métal carrée, de soixante-dix centimètres de côté, la plaçait sur le plateau de l'engin, puis elle enfonçait une pédale de son pied botté, ce qui provoquait la chute du pilon sur la tôle pour la plier, lui donner la forme d'une partie de châssis. Au moment où la masse descendait, elle levait les bras au ciel, à la manière d'un pantin. Elle retirait la pièce du plateau, la déposait à sa gauche puis reprenait une tôle plane. Le pied sur la pédale, le fracas du bloc sur la ferraille, le hurlement du métal, le tressautement des épaules, les bras au ciel... J'étais tellement fasciné par la scène qu'il m'a fallu la voir se répéter une dizaine de fois pour réaliser qu'elle ne levait pas les bras d'elle-même, que ses poignets étaient

32

menottés, assujettis à une partie mobile de la machine... J'ai compris ce que ça voulait vraiment dire, travailler à la chaîne... J'allais repartir quand elle a senti une présence derrière elle. Elle s'est retournée. Toute jeune, vingt ans au maximum... Je n'oublierai jamais combien elle était humiliée d'avoir été surprise par un gamin... C'est ce regard de fille blessée qui m'a décidé à sortir du lot...

— Tu en as parlé aux profs, à tes parents ?

Il a bu une gorgée de granité à la mangue.

— À personne, jamais... Je n'étais pas fou. Il faut que ce soit toi qui abordes le sujet pour que ça me revienne en mémoire... Aujourd'hui, tout le monde trouve normal qu'un collégien se fixe pour objectif de devenir star de cinoche, chanteur, au pire animateur télé, qu'une lycéenne se fasse photographier sous toutes les coutures, les seins à l'air, qu'elle propose son book sur le Net, qu'elle coure les castings des agences de mannequins... La télé a remplacé la baguette magique de la fée Clochette ! Qu'est-ce que tu veux faire plus tard ? Passer dans le poste ! Profession ? Vedette ! À l'époque, dans nos milieux, une idée pareille ne franchissait même pas le vestibule du cerveau ! C'était proprement inimaginable. Ma mère triait la viande fraîche venue des abattoirs de la Villette à la Nationale, rue Henri-Barbusse. Les mains dans la barbaque froide, à patauger dans le sang pendant toute la sainte journée. Mon père, lui, était métallo, fraiseur chez Babcock et Willcox, à La Courneuve, avec un contremaître qui chronométrait ses moindres faits et gestes. Leur philosophie reposait sur deux principes intangibles. Premièrement, on gagne son pain à la sueur de son front. Deuxièmement, on ne pète pas plus haut que son cul. Une boussole pour la vie. Je ne me voyais pas arriver à la maison, en rentrant de Reims, pour leur dire, la gueule enfarinée, que je ne me laisserais jamais réduire à être l'appendice d'une machine. Au cas où j'aurais été assez inconscient, j'aurais pris deux claques, histoire de me remettre les idées en place, et je te prie de croire que je me serais estimé heureux !

Le soleil s'est montré généreux, en fin de journée, mais je n'ai pas poussé le bouchon jusqu'à lui imposer d'effectuer le trajet du retour à vélo. Le taxi nous a laissés place de la Nation, qu'occupaient les éléments épars d'une fin de manifestation. Des sans-papiers, des sans-logement, des sans-droits. Un cordon de CRS barrait l'accès à la rue des Boulets qu'on ne pouvait emprunter qu'en montrant sa carte d'identité ou son passeport. Les responsables de la sécurité publique avaient fait le pari que la démonstration serait paisible : les *robotcops* mobilisés approchaient tous de la retraite. Les pièces de leurs armures articulées en plastique sombre,

épaulettes, protège-nuque, coque ventrale, cuis-
sardes, avaient du mal à se maintenir en ligne sous
la poussée des chairs. Du vieux matériel humain
habillé de neuf. On est passés un peu honteux
entre les cerbères en exhibant nos justificatifs.

À la maison, le reste de la journée s'est molle-
ment étiré jusqu'à rejoindre le soir sans que
j'entreprenne rien de précis. Des bribes de
feuilletons sur le câble, dossiers froids et perdus
rouverts en urgence à Dallas ou Malibu par des
experts héroïques pour François... Un peu de
musique tsigane en lisant le dernier épisode en
date des *Carnets d'Orient* de Ferrandez pour
moi tout en mâchonnant un chewing-gum...
François s'est couché de bonne heure avec, pour
compagnon, un rapport sur les effets secondaires induits par le nouveau patch de sevrage
tabagique mis avec succès sur le marché par son
labo. Le problème, c'est qu'au cours des derniers mois trois utilisateurs s'étaient rendus cou-
pables d'homicide. Des cas de folie meurtrière
qui permettaient à une concurrence sans principes d'échafauder de sinistres hypothèses dans le
seul but de reconquérir ses parts de marché...
La suspension du produit, pire, son retrait, pouvait avoir des conséquences désastreuses sur la
santé financière de l'entreprise, sur ses effectifs,
« variable d'ajustement » privilégiée.

J'ai profité du fait qu'il soit absorbé par sa
lecture, qu'il annote rageusement ses pages d'ana-

lyse, pour me glisser dans le minuscule bureau. J'ai ouvert la boîte électronique créée le matin même. Plusieurs messages m'attendaient. Denis Ternien accusait réception, avec chaleur, de l'envoi de celui qu'il pensait être son « siamois » du temps du collège... Il précisait qu'il avait fait passer l'information de ne plus utiliser « mon » adresse professionnelle et que je pouvais compter sur son entière discrétion. Je me suis contentée d'un simple « merci » pour la réponse. Le deuxième courriel, adressé à l'ensemble des abonnés du site, émanait de son créateur, Christian Ellenec, le fils du gendarme.

Bonsoir à tous,

Je suis tout d'abord hyperheureux de souhaiter la bienvenue à François Bourdet qui nous a rejoints aujourd'hui. Un de plus ! Il faisait partie du fameux voyage à Reims, en 1964, dont la photo a été mise en ligne par notre camarade Denis Ternien. Vous trouverez l'adresse de François dans l'onglet intitulé « contacts », en bas de page. Je vous invite à lui écrire sans tarder, bande de fainéants ! Si je vous dérange un dimanche, que je vous perturbe au milieu du film de TF1, c'est que l'information que je viens d'obtenir est superimportante. Vous vous souvenez sûrement de Georges Mandelberg, le roi de la drague, la terreur des boums ? Non ? Alors je vous fais un topo rapide. Accrochez-vous !

Ses parents tenaient la Boutique de Sheila (on

ne rit pas), inaugurée justement en 1964, où les fans de la chanteuse (nos sœurs, nos petites amoureuses) pouvaient venir y acheter leurs mi-bas Collégien, leurs robes Sigrand-Covett ou leurs sacs à main Fantasia... J'en frétille encore rien qu'à lire les noms des marques qui défilent sur l'écran ! Le magasin se trouvait au carrefour de la mairie, en allant sur Saint-Denis, un drôle de bâtiment biseauté avec des fenêtres en forme de hublots. C'est devenu un troquet moules-frites, à l'enseigne de La Marmite...

Georges se la jouait crooner à l'époque, avec un semblant de banane sur le crâne, maintenue au Pento, la gomina branchée de l'époque. Il faut reconnaître qu'il était le seul à savoir aligner les notes de *A Hard Day's Night* sur le manche de sa guitare, alors que le plus doué d'entre nous avait du mal à plaquer le premier accord de la *Lettre à Élise* sans louper une corde... Les filles tombaient comme des mouches quand il sortait la photo mythique où on le voyait au Bourget, avec les Beatles plein cadre. Et c'était pas du bidouillage de labo. Du solide, son trophée... D'après ce que je sais, son père lui avait refilé un tuyau d'enfer : l'heure d'arrivée du groupe, au Bourget, pour leur concert à l'Olympia en pre-mière partie de Sylvie Vartan (John Lennon ser-vant la soupe à « la plus belle pour aller danser », on croit rêver !) et Georges (Mandelberg, pas Harrison) avait séché les cours pour aller les attendre à la sortie de l'aéroport.

Si vous voulez savoir ce que notre dragueur est

devenu, allez faire un tour sur <u>www.yeyetourde-france.net</u>, rubrique « Poitou-Charentes », ça vaut le détour... J'attends vos réactions.

Christian Ellenec

J'ai immédiatement cliqué sur le site indiqué par « la Grosse ». La page d'accueil reproduisait, plein cadre, la pochette de l'album *Sgt Pepper's Lonely Hearts Club Band* des Beatles, avec ses dizaines de personnages, Freud, Marx, Tarzan, à la seule différence que nombre de visages célèbres choisis par les gars de Liverpool avaient été remplacés par ceux de gloires éphémères de la scène musicale française des années soixante. On pouvait reconnaître, si tant est qu'on les avait connus, des artistes du calibre de Guy Mardel, Monty, Erick Saint-Laurent, Romuald, Jocelyne, Pascal Danel ou, fin du fin, Michel Page, l'inoubliable interprète de *Nous on est dans le vent*... Les portraits des crocodiles survivants de la vague yéyé, Johnny Hallyday, France Gall, Eddy Mitchell, Françoise Hardy, Salvatore Adamo, occupaient le premier rang. L'article associé relatait un concert donné en Suisse, pour annoncer la prolongation de la tournée des Légendes de la variété rock, conséquence heureuse du succès inattendu rencontré par une vingtaine de modestes manifestations *revival* organisées au cours du printemps.

Je me suis mise à lire le compte rendu :

« Malgré la présence de fortes personnalités à l'ego parfois hypertrophié, l'atmosphère backstage est détendue avant le spectacle. Dans les loges toutefois, c'est la concentration. Le passage sur scène de chaque artiste étant limité à une dizaine de minutes, il faut que la prestation porte, aille à l'essentiel. Avec *Il y a du soleil sur la France* ou *Toi tu ne changes pas*, Stone et Charden ont toujours la cote. "Là on s'offre une virée entre copains avec des gens que j'aime, des amis", assure Stone, toujours blonde et pimpante à l'approche de la soixantaine. D'autres ont dû improviser leur carrière, voire tourner le dos à la scène. Pascal Danel écrit toujours des chansons et des scénarios de films, Frank Alamo est devenu photographe et vendeur de labos photo avant de renouer avec la chanson. Patrick Topaloff a abandonné le *Bien mangé, bien bu* pour le théâtre et la vente de... champagne. Georges Chelon n'a jamais quitté la chanson, mais survit avec des hauts et des bas en donnant des concerts dans de petites salles. Marie Myriam, la jeunette de la bande, a élevé ses enfants avant de reprendre la chanson. "Se retrouver avec des vedettes dont j'ai rêvé est un régal. Tous sont conscients que c'est un cadeau d'aligner 70 concerts et réunir 10 000 spectateurs par jour. Chacun sait qu'il faut rester humble, que l'union fait la force." Tous ? Après un dernier *We Shall Dance*, Demis Roussos disparaît dans une limousine qui l'attend backstage. Jouant les stars capricieuses, le chanteur d'Aphrodite's Child est le seul à faire bande à part[1]. »

Le site, qui se présentait comme l'album-souvenir de la tournée, était conçu à la manière d'un livre dont chaque chapitre représentait une région traversée. J'ai déplacé le curseur sur « Poitou-Charentes », suivant ainsi les directives d'Ellenec. Niort, Saintes, Pons, La Rochelle, Angoulême, la route enchantée des joueurs de balloches... La grande majorité des groupes annoncés m'était inconnue. Seule la présence de Dany Boy, accompagné de ses Pénitents, rehaussait l'affiche des concerts poitevins. Mais surtout, celle de Abdelghafour Mohcine, qui défendait depuis plus de quarante ans les couleurs du rhythm and blues sous le nom de scène de Vigon, donnait un lustre incomparable à la partie charentaise. Vigon ! Son nom ressortait soudain intact de l'oubli. Solaire. J'étais allée le voir, l'entendre, au printemps 1967, dans une boîte du quartier Pigalle, rue Germain-Pilon, en compagnie d'une copine de l'époque qui sortait avec l'un des musiciens des Silver Stars, le groupe avec lequel Vigon, justement, se produisait, et qui répétait près de chez mes parents, dans la cave d'un pavillon du quartier de l'Hospice des Vieillards. Il chantait d'une voix chaude les standards amé-

1. Élisabeth Guyot-Noth, GHI (Lausanne Cités).

ricains de Ray Charles, d'Otis Redding, sans la moindre notion d'anglais, dans un sabir phonétique qu'on appelait alors le yaourt. J'avais eu la surprise de le retrouver sur la scène de l'Olympia, à l'automne de la même année, en première partie de Stevie Wonder.

Alors que je faisais défiler les pages du site, mon attention a soudain été captée par la reproduction d'un 45 tours de Ron Sullivan. La photo de l'éphèbe aux longs cheveux bouclés, à la barbe christique, était celle de Mandelberg, visiblement prise quatre ou cinq ans après le voyage à Reims. Les deux titres de son disque, *Un garçon pleure dans la nuit* et *Fille de l'hiver*, figuraient en lettres tarabiscotées, d'inspiration psychédélique, de part et d'autre de son visage. La légende associée à l'image ne faisait pas dans la dentelle.

S'il ne tenait pas à son patronyme venu d'outre-Atlantique, on pourrait qualifier Ron Sullivan de régional de l'étape. Ron, qui n'a gravé qu'un seul disque dans sa carrière d'étoile filante, réside en effet dans un ancien moulin de Pons, au bord de la Seugne. Il le restaure en compagnie de son épouse, une ex-choriste de Dick Rivers, et loue les quatre gîtes ruraux aménagés dans les dépendances, sur une petite île, qu'on atteint au moyen d'un bac. On pourra entendre ses deux chansons au Palais des Sports de Saintes, mercredi prochain, avant les locomotives que sont toujours Michel Delpech et Lucky Blondo.

Une alerte sonore m'a prévenue de l'arrivée d'un nouveau message alors que je m'apprêtais à écouter l'extrait disponible de *Un garçon pleure dans la nuit*. Le correspondant se cachait sous le pseudonyme amusant d'Armhur Tarpin. Ce qu'il tenait à dire à l'assemblée des copains était d'une concision frappante :

Ellenec, ma grosse, t'es bien un fils de flic. Qu'est-ce que tu foutais, en 68, quand Ron enregistrait sa galette ? Hein...

Il ne s'est pas écoulé cinq minutes que la réponse a fusé sur le forum. Surprise, elle n'émanait pas de celui qui venait d'être aussi rudement mis en cause.

Merci, Tarpin. Qui que tu sois, tu es très aimable de venir à mon secours, mais je suis assez grand pour me défendre. J'ai de beaux restes, sans forfanterie. Il suffit d'aller voir les photos du concert sur le site pour s'en convaincre. Je ne vois pas pourquoi je devrais avoir honte d'être allé au bout de mes rêves en gravant ce disque, le jour de mes dix-neuf ans, chez Festival. Contrairement à ce que prétend Ellenec, je n'ai pas la mentalité d'un pistonné ; personne ne m'a mis sur le coup de l'arrivée des Beatles au Bourget. J'ai piraté un appel destiné à mon père, en imitant sa voix, ce qui a quand même un peu plus de gueule, non ?

Je ne vais pas raconter ma vie, mais je peux au moins en éclairer quelques recoins. La Boutique de Sheila a duré ce qu'ont duré les couettes de la petite fille de Français moyens. Même avec la pub dans *Salut les copains* et *Mlle Âge tendre*, ça ne se précipitait pas vers les rayons. À l'époque, il n'y avait pas encore grand-chose à taxer dans le porte-monnaie des petites filles. Résultat, mes parents ont pris le bouillon. Ils ont tout revendu à perte. Leur couple s'est asphyxié sous la masse des impayés, ce qui a eu un effet bénéfique paradoxal pour moi. Ils étaient tellement dans la panade, tellement incapables de penser à autre chose qu'à eux, au fric qu'il fallait trouver pour colmater les voies d'eau, qu'ils n'arrivaient pas à se mettre d'accord sur celui qui hériterait du môme. J'en ai joué autant que j'ai pu, à un moment où la majorité légale était encore à vingt et un ans. J'ai réussi à me faire émanciper, dès mes dix-huit ans, à gagner mon indépendance.

Ensuite, études lacunaires, voyages planétaires. Angleterre, Irlande, States... Sans compter les voyages immobiles avec tout ce qui se fumait à l'époque. À San Francisco, j'ai croisé la route d'Emmett Grogan et de ses Diggers qui détournaient la bouffe des fast-food, les fringues de chez Levi's, par camions entiers, qui squattaient les baraques vides, pour venir en aide à tous les gens éjectés par le système, qu'ils soient babas cool ou non... J'ai roulé ma bosse et pas mal d'herbe, puis j'ai trouvé un job dans la musique, à New York. Le mal du pays m'a saisi en découvrant les images des barricades parisiennes sur l'écran de ma télé. J'ai pris un zinc, sauf qu'à mon arrivée ce n'était plus les étudiants et les ouvriers qui manifestaient. Ils avaient laissé la place à la France profonde, à la France respectueuse, celle qui ne m'intéresse pas, qui aligne les notes sur la portée comme un défilé de 14 Juillet sur les Champs-Élysées.

J'ai survécu en chantant dans les rues, répétant jusqu'à la nausée les cinq ou six chansons que j'avais à mon répertoire. Je suis allé taper aux portes de toutes les maisons de disque. Que du granit. Seul Festival a entrouvert la sienne. Mes textes étaient dans l'air du temps, gentiment contestataires, amour libre, *protest song* contre la guerre du Vietnam. J'ai signé pour un 45 tours. Il est sorti en novembre 1968, pile le jour de l'élection de Richard Nixon ! La seule condition qui m'était imposée par la production, c'était de prendre un nom américain. Il a fallu se creuser la tête pour trouver le pétrole ! Je me souviens vaguement d'où est arrivé ce « Ron Sullivan ». Le prénom devait être un clin d'œil à Ronnie Bird, le seul rocker frenchie qui trouvait alors grâce à mes yeux, tandis que le nom était un hommage à Boris Vian, dont « Sullivan » était le pseudo quand il écrivait ses polars comme *J'irai cracher sur vos tombes*. Le contrat m'obligeait aussi à prendre un léger accent américain, sur scène comme dans les interviews, pour faire couleur locale. Un journaliste de *Salut les copains* a été jusqu'à me présenter comme un GI déserteur réfugié à Paris. Les souvenirs de tout ce tintouin étaient bouclés dans une malle rangée au grenier du moulin de Pons, en train de pourrir lentement, quand l'imprésario des Légendes de la variété rock s'est souvenu du succès d'estime que j'avais rencontré avec *Un garçon pleure dans la nuit*. Ce n'est pas de la forfanterie. Le titre est entré au hit 50 où il s'est accroché pendant quatre semaines d'affilée...

Dans un premier temps, j'ai refusé sa proposition de remonter sur les planches, mais il disposait de deux alliés de poids dans la place, ma fille et mon petit-fils. J'ai fini par me laisser convaincre. Je leur ai offert le plaisir de se foutre du papy...

Je ne me doutais pas que cette prestigieuse prestation dans la ville romaine de Saintes me vaudrait de renouer avec une autre partie de mon histoire, le collège Gabriel-Péri d'Aubervilliers ! Je n'ai jamais remis les pieds dans cette putain de ville. Il suffit d'en évoquer le nom pour que les yeux s'écarquillent, qu'un frisson agite l'assistance ! Il paraît que c'est toujours communiste, et je ne suis pas du genre à visiter les musées.

Pour finir, j'ai une petite idée sur la raison qui a poussé ce cher Ellenec à me balancer sur le forum. Je ne sais pas si certains se souviennent de la grande cavalcade de l'école laïque qu'il a fallu préparer pendant des mois... C'était, je crois, la même année que le voyage à Reims, au printemps. Une sorte de carnaval où chaque établissement scolaire devait défiler à travers la ville derrière un char décoré. Le thème de notre bahut, c'était Don Quichotte. Comme de juste, Ellenec, vu ses rondeurs, a hérité du rôle de Sancho Pança. S'ils avaient eu l'idée d'illustrer Zorro, il était bon pour le rôle du sergent Garcia. Il est resté bloqué tout l'après-midi sur le plateau à roulettes tiré par un tracteur, sous les ailes d'un moulin en carton-pâte, le bide rembourré à la paille... On doit pouvoir retrouver des photos... Arrivé aux Quatre-Chemins, il était prévu que les acteurs jouent la courte scène du Quichotte montant à l'assaut de moulins que dans son délire il prend pour des géants hostiles. Pascal Zavatero, qui nous dépassait tous d'une tête, interprétait le Chevalier à la triste figure. Tout a bien commencé, mais quand le Chevalier s'est retrouvé à terre le fidèle Sancho est resté muet, sa réplique coincée dans la glotte ! Bloqué par le spectacle qu'il avait sous les yeux ! La raison en est simple : j'étais au premier rang, à côté de Joëlle Lahaye, la fille que tout le monde convoitait et sur laquelle Ellenec bavait comme un malade. Les mouvements de foule provoquaient des remous... Pour la protéger, j'ai passé le bras autour de ses épaules. Je ne voulais rien faire d'autre que la protéger. Elle a incliné sa tête vers la mienne, m'a souri. J'ai fait de même...

On a échangé notre premier baiser au moment où Sancho devait lancer :

— Miséricorde ! N'avais-je pas bien dit à Votre Grâce qu'elle prît garde à ce qu'elle faisait, que ce n'était pas autre chose que des moulins à vent ?

Je ne vais pas vous raconter ce qui s'est passé entre Joëlle et moi dans les vestiaires du gymnase Guy-Môquet, ça tomberait sous le coup de la loi... Les cyberflics couperaient ma prose... Tout net ! Voilà ce qu'il a essayé de me faire payer, la Grosse, en sous-entendant que j'étais le ringard de service : mon histoire avec sa Dulcinée !

Salut à tous, et sans rancune.

Georges « Ron » Mandelberg

Dans la chambre, François s'était endormi en abordant la deuxième partie du rapport sur les éventuels effets secondaires du patch de sevrage antitabagique diffusé par son labo. Ça pouvait donc, aussi, servir de somnifère ! J'ai fait glisser le document de sous son bras, ôté délicatement ses lunettes. Il a soupiré quand je l'ai embrassé, puis il s'est tourné vers le mur en emportant dans son mouvement le drap du dessus.

Le lendemain, j'ai eu la mauvaise idée de prendre un taxi pour me rendre à la Délégation ministérielle à l'aménagement urbain qui nous avait confié sa campagne de communication. Le contrat englobait la conception d'une affiche quatre par trois déclinée en plusieurs autres formats, panneaux Decaux, vitrines de commerces, dépliants, etc., la réalisation d'une plaquette tirée à trois millions d'exemplaires, et surtout la production d'un clip destiné aux salles de cinéma comme aux télévisions. Je m'apprêtais à sortir un joker, en annonçant aux décideurs qu'après l'accord d'Alain Chabat pour la mise en scène nous avions obtenu, sans faire exploser le budget, que Zidane soit présent à l'image et qu'il prononce la phrase de finale, juste avant l'envoi du générique. Je me serais donc aisément passée du retard d'un quart d'heure pris dans la remontée d'une rue de Rivoli engorgée par les travaux d'implantation d'une nouvelle station de vélos municipaux. Rien qu'à la qualité de son regard, j'ai compris que le délégué du ministre connaissait mon parcours même si son éducation lui interdisait d'y faire la moindre allusion. Il était assez impatient de me rencontrer, un peu comme un môme à qui l'on promet la sucette du mois, genre week-end à Disneyland... L'annonce de la participation du champion du monde l'a fait monter aux nues. Je me suis même demandé si je ne devais pas lui proposer un autographe ! La réunion s'est déroulée du mieux possible, et je suis arrivée au bureau, un peu avant midi, avec l'avenant paraphé. Pour fêter la nouvelle, le patron s'est fendu d'une bouteille de champagne. Pas n'importe quoi, du Krug millésime 1981. Celui qu'on sert, paraît-il, lors des réceptions officielles à Buckingham Palace. J'ai avalé trois ou quatre Brossard pour piéger l'alcool, refusé une part de pizza au saumon, puis je suis allée interroger ma boîte électronique dans le bureau que je partage avec Lydia, ma secrétaire.

Après m'être débarrassée des réponses aux messages à caractère professionnel, j'ai fait une recherche sommaire sur YouTube. Un vidéaste amateur venait de mettre en ligne une dizaine d'extraits du concert rétro-rock de Saintes dont l'intro de la chanson qui avait failli propulser Ron Sullivan dans les *charts*, quarante ans plus tôt. Grand, une carrure de bûcheron canadien, il se tenait sur la scène les jambes écartées, les deux mains accrochées au pied du micro comme si le monde tanguait autour de lui et que c'était le seul élément stable. La musique, guitares, batterie, filet plaintif à l'harmonica, se frayait un chemin au travers des cris, des rires du public. Il a fallu que je visionne trois fois la séquence pour capter les paroles écrites dans sa jeunesse par Mandelberg :

> *Un garçon pleure dans la nuit,*
> *Là-bas, une fille pense à lui,*
> *Il a perdu plus qu'son âme,*
> *Dans les rizières du Vietnam.*

Pas vraiment renversant, mais assez ambitieux si on se souvenait des productions de ce temps-là, du genre : « *Vous les copains, je ne vous oublierai jamais, di doua di di doua di dam di di dou* » et autres « *da dou ron ron* ».

Avant de me remettre au travail, je suis entrée sur www.camarades-de-classe.com en tapant mon identifiant college64@yahoo.fr, suivi de mon code, « cargo ». Armhur Tarpin était de retour. Il remerciait Ron de sa contribution tout en réitérant sa question à l'adresse d'Ellenec, au moyen d'un langage encore plus soutenu que la fois précédente : « Alors, tu branlais quoi en 1968 ? Tu astiquais la matraque de papa ? »

L'ordinateur a ramé plusieurs secondes pour ouvrir la contribution suivante, celle de Robert Deflanques, alourdie par une pièce jointe assez volumineuse. J'avais devant les yeux une image non compressée du défilé de chars décorés de la cavalcade laïque avec, au premier plan, Sancho Pança assis sous les ailes du moulin. La légende précisait que le personnage vêtu d'une gabardine crème que l'on apercevait près du tracteur était le directeur du collège, M. Gentil.

Chers amis,
Je remercie Denis Ternien de m'avoir inscrit sur votre liste de discussion. Je n'ai passé que huit mois au collège Péri (arrivé en novembre, reparti en juin), mais je dois vous dire que j'ai conservé un très vif souvenir de cet intérim. J'étais le seul à ne pas habiter votre ville, dont je ne connais-

sais aucun des rudes usages. Tout ce que j'ai appris, grâce à vous, me sert encore aujourd'hui. J'ai débarqué là, importé directement des confins de la Seine-et-Oise (qui était encore une campagne), quand mon père, en plus de la ferme, s'est occupé du marché de gros des ovins, aux abattoirs de la Villette. Nous partions très tôt en voiture du Mesnil-Amelot, que jouxtent aujourd'hui les pistes de Roissy, et il me déposait sur la petite place, devant le collège, avec sa rotonde et ses bancs en béton. L'école des filles à droite, l'école des garçons à gauche, séparées par un mur encore plus étanche que celui de Berlin. Un mur sur lequel on usait nos pointes de souliers dans l'espoir de croiser le regard de Joëlle ou d'autres dont j'ai perdu les noms...

J'ai dû faire un effort pour me remettre en situation et me convaincre qu'on vivait alors dans un univers totalement masculin : les élèves, bien sûr, mais aussi tout l'encadrement, les profs, les surveillants, le directeur. D'un côté du mur, le genre masculin, de l'autre, tous les mystères de l'univers féminin. La seule femme, la seule transfuge, c'était l'infirmière qui faisait également office d'assistante sociale. De l'autre côté de la ligne de démarcation, c'était le reflet inversé, que des femmes, et un seul homme, le concierge.

Le soir, après les cours, pour aller retrouver mon père à la Villette, je prenais le bus sur l'avenue Jean-Jaurès, devant le bar-tabac l'Imprévu qui faisait face au restaurant des Prévoyants. Elle-nec (j'ai bien compris que certains ne l'aimaient

51

pas trop, à cause de la profession de son père, mais il n'est pas responsable de sa famille...) habitait par là, dans un pavillon, ce qui fait qu'on effectuait le bout de chemin ensemble. On a passé de bons moments au bar à jouer au flipper, à traîner autour des billards, à regarder les scopitones en couleurs de Vince Taylor, de Gene Vincent, des Chaussettes Noires, avant que je ne grimpe en courant dans le 152.

Je dois à la vérité de vous dire que la personne qui m'a le plus marqué, cette année-là, c'est notre professeur de dessin (on ne disait pas encore arts plastiques). Tout me destinait à reprendre l'exploitation familiale, et il a fallu cette rencontre avec M. Pheulpin pour bouleverser tous les plans dressés par mes parents. C'est grâce à lui (à cause, dirait mon père) que j'ai bifurqué vers la peinture, à l'approche de la quarantaine. Une vocation différée. Je ne sais comment il a atterri à Aubervilliers, à s'occuper de gamins qui n'avaient jamais mis le pied dans un musée, car c'était l'un des plus talentueux dessinateurs de timbres d'après-guerre. Selon les ouvrages spécialisés, il a réalisé plus de six cent cinquante gravures destinées à l'oblitération. Lors d'un de ses cours, je m'en souviens comme si c'était hier, il avait apporté en classe, à notre intention, les éléments préparatoires à son timbre commémorant le vingtième anniversaire du débarquement en Normandie. L'image était en deux parties : à droite, l'intérieur d'un bateau dont l'avant, soulevé, s'ouvrait sur les plages, les falaises ; à gauche en contrechamp, l'armada anglo-américaine dans son ensemble vue depuis le sol enfin libéré. Hélas pour lui, en ces temps d'antigaullisme primaire, la césure entre les deux motifs était constituée par une croix de Lorraine qui portait sur ses branches horizontales les mots « *Débarquements. Normandie. Provence* ».

Un de ses collègues dont j'ai gommé le nom (il avait beau mâcher du chewing-gum chlorophyllé à longueur de journée, son haleine puissante obligeait les meilleurs élèves, les fayots aussi, à abandonner les premiers rangs...) a fait un scandale quand il a été question d'exposer une cinquantaine d'originaux à l'occasion de cette fameuse fête de l'école laïque. M. Pheulpin avait choisi ce qu'il jugeait le meilleur de son œuvre : la grande mosquée de Tlemcen, une vue de Mutsamudu aux Comores, des paysages du Laos... Des sujets typiquement « colonialistes », selon son principal critique, qu'aggravait le choix délibéré de la croix de Lorraine sacrilège... Il a fallu que le directeur intervienne pour que les planches soient accrochées aux murs du réfectoire.

J'ai eu la chance de rencontrer à nouveau M. Pheulpin, à la fin de sa vie, lors d'un hommage qui lui était rendu, à Paris, par le musée de la Poste. Je peux vous affirmer qu'il a été très touché en apprenant que les quelques heures d'enseignement dispensées dans une matière considérée comme accessoire avaient eu un impact aussi décisif sur la vie d'un de ses élèves. Il m'a encouragé à ne pas remiser mes pinceaux, mes couleurs, mes toiles. Il est question que je montre mes dernières toiles dans une galerie de la rue des Saints-Pères, d'ici quelques mois. C'est à lui que je le dois. Vous pouvez d'ores et déjà vous considérer comme mes invités pour le vernissage. Dès que la date sera fixée, je vous en ferai part.

Cordialement, Robert Deflanques.

Le téléphone s'est mis à sonner dès que Lydia est sortie du bureau pour aller chercher deux cafés au percolateur. Rien qu'au timbre de sa voix, j'ai compris que François n'était pas au meilleur de sa forme et qu'il fallait que je positive pour deux.

— C'est moi... J'ai essayé de t'appeler plusieurs fois, dans la matinée...

— Tu sais bien que j'avais un rendez-vous extérieur... On en avait parlé ensemble...

Il a laissé échapper un soupir.

— Je ne m'en souvenais plus... Maintenant que tu me le dis... ça va ?

— Plutôt pas mal. Le ministère s'est jeté sur la proposition Zidane, le contrat est finalisé... Et toi, ton histoire de patch ?

— Je suis content pour toi. Personnellement, j'ai le sentiment que c'est assez mal parti. Au cours de la réunion, j'ai défendu le principe du maintien du produit. Le comité d'évaluation doit maintenant se réunir avec la commission d'éthique. S'ils le retirent du marché, c'est la catastrophe. Presque tout le monde est arrivé. Il faut que j'attende l'annonce de leur décision, ce qui fait que je risque de rentrer un peu tard ce soir... Tu auras le courage de faire les courses ?

— Le courage, pas de problème de ce côté-là. Le temps, c'est autre chose... Au pire, je demanderai au libanais de la rue de Tunis de nous livrer un plateau de mezzés avec une bouteille de ce superbe vin de la plaine de la Bekaa... Je n'arrive jamais à me souvenir du nom...

Sa voix a subitement repris des couleurs.

— Du massaya... Tu es géniale ! Ne t'embête pas avec les courses, c'est parfait... À ce soir. Je t'embrasse.

— Moi aussi. À tout à l'heure.

J'ai pris le temps de boire mon café avant de me remettre à travailler avec Lydia sur les projets de visuels. Puis il a fallu trier dans les phrases jetées sur le papier, pour les accroches, par le groupe de créatifs pendant la séance de brainstorming de la veille. Ils devaient être en rupture de poudre. Rien de renversant, que du déjà-vu, du rabâché, dans le genre « *Droit de cités* », « *À nous la ville* », ou « *Quartiers d'envie* ». Rien ne tenait la distance, surtout si on prenait en compte le fait que l'initiative de communication ministérielle devait être lancée deux mois avant les élections municipales. Il fallait anticiper, décourager les tentatives de récupération, de détournement de nos slogans, aller davantage vers le clin d'œil assumé, par exemple : « *Ma 6T va chan G* », calligraphié à la bombe façon graf, quitte à se mettre les puristes à dos. Il n'était pas loin de sept heures quand nous avons terminé de lister une trentaine de titres de films, autant de romans, quelques phrases tirées de Prévert, des slams de Grand Corps Malade, d'Hocine Ben. Les pistes ne manquaient pas.

Je n'ai pas vu l'heure passer, et le libanais s'apprêtait à baisser son rideau quand je suis arrivée devant la boutique. François m'attendait en sirotant un whisky. Nous avons dîné d'houmous, de baba ghannouj, de salade des moines, de chich taouk, devant la télé en visionnant un DVD pirate de *Harry Potter et l'ordre du Phénix,* sorti sur les écrans la semaine précédente. Le film, loué six euros au kiosquier de l'avenue, en sous-main, avait visiblement été capté depuis une salle de projection à l'aide d'une caméra de bonne qualité. L'image passait bien sur l'écran plasma, seul le son laissait à désirer. François s'est levé à plusieurs reprises pour se servir du vin, puis du gin, ce qu'il ne faisait jamais même pour le pire navet exhumé par l'une des quatre cents chaînes auxquelles notre abonnement nous donnait accès. Son film intérieur prenait le pas sur les exploits du sorcier à lunettes. Il essayait de ne pas m'embêter avec ses soucis professionnels, mais visiblement la pression était trop forte. C'est au boulot qu'il aurait eu besoin d'un ministre de la Magie, d'un professeur de Défense contre les Forces du Mal liguées contre le Patch ! Je l'ai attiré près de moi, sur le mot « Fin ».

— Alors, pour le remède antitabac, ils tiennent bon ?

Les larmes lui sont montées aux yeux, comme si elles n'attendaient que ma question, tapies en embuscade.

— C'est moi qui ne tiens plus, Dom... Je ne sais pas ce qui m'arrive... Je crois que je suis en train de craquer...

— On ne va pas se laisser impressionner ! On est indestructibles, après toutes les épreuves qu'on a subies tous les deux, non ? On avait le monde entier contre nous, rappelle-toi... toutes les institutions. Et pas un appui ! On ne pouvait compter sur personne, pas plus la famille que les amis. C'est toi qui m'as sauvée.

Il a ouvert la bouche pour happer l'air, comme un plongeur après une apnée.

— Tu ne peux pas imaginer combien je me sens fatigué...

— Si tu n'avais pas été là, je n'en aurais jamais eu le courage, je serais morte... Tu ne vas pas baisser les bras pour ça... Tu retrouveras un labo... Ils ne sont pas les seuls.

— Je n'ai plus le même âge, ça vient peut-être de là... Cinquante-huit ans, ça n'arrange pas mes affaires... Tous les anciens sont dans le viseur. Ils exterminent les tempes grises, les chauves, les porteurs de lunettes, les dos voûtés, les dents de travers... On dirait qu'ils ne choisissent pas les nouveaux collaborateurs pour ce qu'ils ont dans le crâne, mais pour l'habillage. Des fois, quand je traverse le hall, j'ai l'impression de m'être trompé d'adresse, d'être entré par inadvertance chez Hugo Boss ou chez Calvin Klein !

— Et le patch, qu'est-ce qu'ils ont décidé, en définitive ?

— Le produit est suspendu pour six mois, le temps d'organiser un nouveau protocole. Je crois que ça va être saignant. Ils s'attendent à un décrochage de plus de dix pour cent de l'action demain matin, dès l'ouverture de la Bourse. Et quand la spirale de la défiance est enclenchée, on ne domine plus rien. On peut se faire racheter dans la foulée par un spéculateur en maraude. Je le tiens de Mangin, le nouveau directeur des ressources humaines...

— Il est comment avec toi ?

Il a repris une pâtisserie orientale.

— Aussi mielleux que les baklavas de ce soir... Le premier tu adores, le deuxième tu apprécies, au troisième, c'est l'écœurement. Plusieurs groupes sont prêts à lancer une OPA sauvage contre nous. Sans compter les fonds de pension américains. J'ai préservé ma peau de justesse, la dernière fois. En cas de restructuration, « d'économies d'échelle », comme ils disent, le miracle ne se renouvellera pas. Au rancart, le François Bourdet, avec un pot d'adieu et un bol de cacahouètes après trente ans de bons et loyaux services ! Tu m'imagines en préretraité ?

Les parfums alcoolisés de la Bekaa ont fini par produire leur effet, peu après minuit. Il s'est endormi comme une masse, en peignoir, sur le canapé. Je suis allée prendre un plaid dans le tiroir de la commode, l'en ai recouvert pour ne pas qu'il prenne froid pendant la nuit.

Un quart d'heure plus tard, la vaisselle faite, j'ai filé dans le bureau m'informer de la classe 64. Comme on pouvait s'y attendre, le courriel de Robert Deflanques suscitait des réactions. Ellenec tout d'abord, trop heureux de souligner qu'il disposait d'au moins un ami dans le groupe. Sauf qu'il gâchait l'occasion de montrer la noblesse de ses sentiments. Là où il aurait fallu faire dans l'allusif, le subtil, il barbouillait comme s'il écrivait en trempant son doigt dans le cirage...

Bonsoir à tous,
Cartes sur table : j'avais fait l'impasse totale sur Pheulpin, le prof de dessin. Pas le moindre souvenir de ses cours, de son amour des timbres. Je suis allé me balader sur le Net. Pas mal de sites parlent de lui. On peut voir des photos de plu-

sieurs dizaines de ses gravures sur celui du musée de la Poste, et je suis sûr maintenant, en les regardant, que j'ai filé des coups de langue sur certains de ses timbres quand j'écrivais à mes parents, en colonie de vacances. Le portrait de Colette, le facteur à bicyclette avec sa casquette, par exemple. Une vraie vedette dans sa partie. C'est l'une des choses qui me bottent dans ce forum : sans qu'on s'en aperçoive, ça nous fait retrouver tout un tas de petits détails de notre vie, on divague, on se met à réfléchir à notre parcours, sur ce qu'on est devenus. Pheulpin, c'est comme la Boutique de Sheila, Vigon, Vince Taylor... Chez moi, c'était passé par pertes et profits !

À l'inverse, s'il y en a un que je n'avais pas oublié, c'est bien Robert Deflanques, l'étoile filante de Gabriel-Péri. Il faut dire qu'il faisait fort ; sur les trente pékins que nous étions, trois ou quatre seulement avaient une voiture (je veux dire leurs parents) : Jacques, le fils du primeur du Montfort, Péna, le fils du charcutier italien du marché de la Mairie, David, le fils du toubib du dispensaire. C'était rien que du normal, des Renault 4, des Simca 1000, des 203, des Frégate. Un peu plus tard, mon père a acheté d'occasion l'Aronde de son capitaine... Lui, il arrivait en Mercedes. Pas n'importe laquelle, la 230SL, celle qui avait le toit en forme de pagode. Habillé comme un prince, avec des marques dont on n'avait jamais entendu parler dans notre coin de banlieue.

Personne ne comprenait ni pourquoi ni comment il avait atterri en banlieue. Chaque jour, une histoire différente circulait dans la cour de récréation pour expliquer son parachutage. Qu'il était d'origine américaine ou russe, enfant d'espions ou de vedettes de cinéma... Je ne raconte pas de craques. Celle qui a duré le plus longtemps soutenait que c'était le fils naturel de Maurice Thorez, le chef multimillionnaire du parti communiste, avec ses salles de bains en marbre, ses robinets en or, et que celui qui le déposait devant le collège était son chauffeur. Ça n'a pas empêché que Roland Berthier, qui était responsable du groupe des Jeunesses communistes du secteur, se batte avec lui dans le gymnase, à l'arrière du collège. Je ne sais même plus pourquoi...

Berthier était une terreur des cours de récréation. Il était habitué aux batailles de chiffonniers. Il fonçait dans le tas comme un malade, donnait des coups de boule, allongeait des directs, filait des mandales à la volée à tous ceux qu'il désignait comme des « ennemis de classe ». Il ne croyait faire qu'une bouchée de mon pote, mais il est tombé sur un os. Deflanques l'a attendu posément, en appui sur ses deux jambes, le corps légèrement penché en arrière, les bras repliés, les poings fermés. Berthier a baissé la tête, comme un taureau, sauf qu'il n'y avait déjà plus personne en face. Le temps de comprendre ce qui se passait, c'était trop tard. Il n'a rien vu venir. La pointe de la savate de Deflanques l'a cueilli au menton. Une détente de première. On a su ce que c'était, comme sport, quand on a découvert les premiers films de karaté. Berthier s'est écroulé pour le compte. Le combat le plus court de son histoire, un quart de seconde maximum ! Son autorité en a pris un sacré coup. Il a même été remplacé à la tête de son groupe le mois d'après, ce qui a relancé la rumeur sur « le fils de Thorez ».

J'ai pu finir l'année tranquille : comme j'étais le copain du champion, on se contentait de me cracher dans le dos. On a pas mal discuté avec Deflanques en faisant le chemin, tous les soirs, vers l'Imprévu. Il me disait tout. Je lui avais promis de ne pas révéler les raisons qui l'avaient conduit dans notre zone, mais je crois qu'aujourd'hui il y a prescription. La principale, c'était bien sûr le nouveau travail de son père, aux abattoirs de la Villette. Sauf qu'il aurait pu inscrire Robert dans un collège parisien du XIXe, dans un établissement privé comme Notre-Dame-des-Vertus à Aubervilliers, ou Saint-Joseph à Pantin. La vérité, c'est que personne ne voulait de son fils, qu'il s'était fait jeter de partout, même des boîtes à péage. Seul notre directeur, M. Gentil, avait accepté de fermer les yeux sur son « casier »... Avant d'effacer Berthier, Deflanques avait inscrit à son tableau de chasse un professeur du collège de Gonesse qui serrait ses élèves d'un peu trop près. Je crois que cette info va en scotcher plus d'un.

À+, Christian Ellenec.

PS : je sais bien que la Toile est le royaume des pseudonymes, mais je répondrai à Armhur Tarpin, qui me demande ce que je « branlais en 1968 » et autres considérations sur la matraque de mon père, quand il aura le courage de dévoiler sa véritable identité.

La réaction de Roland Berthier avait été immédiate puisqu'elle suivait la mise en ligne du texte d'Ellenec de dix minutes.

Je lis vos échanges depuis trois jours. Plutôt préoccupé par l'avenir, assez peu sujet aux bouffées de nostalgie, je ne serais pas entré dans la danse si je n'avais été mis en cause par celui qu'on surnommait « la Grosse ». Selon sa description caricaturale, j'aurais été une sorte d'énergumène inaccessible à la moindre réflexion, uniquement capable de m'attaquer aux plus faibles. Le procédé est connu : on dévalorise l'adversaire pour ne pas avoir à se placer sur le terrain des idées. On se condamne à ne rien comprendre à son attaque sournoise contre ma personne, si on fait l'impasse sur l'état des forces politiques au collège Gabriel-Péri en 1964.

Cela faisait seulement deux ans que la guerre d'Algérie était terminée, et aussi bizarre que ça puisse paraître la cour de récréation s'était transformée en champ de bataille : en février 1962, une dizaine de manifestants avaient été tués par la police de Papon, au métro Charonne, alors qu'ils protestaient contre les attentats aveugles, qu'ils réclamaient la fin des combats. L'une de ces victimes, Suzanne Martorell, habitait Aubervilliers, et ses enfants fréquentaient le collège. Il y avait aussi les enfants de Mme Renaudat, grièvement blessée à coups de matraque et qui est restée vingt ans sur un lit, incapable du moindre geste, du moindre mot. Le jour de l'enterrement, M. Gentil s'est adressé à nous pour leur rendre hommage, puis des cars municipaux, les mêmes qui nous emmenaient en colo, nous ont conduits à Paris. Nous avons presque tous participé aux obsèques, dans le cimetière du Père-Lachaise, derrière les neuf corbillards noirs. À part Ellenec. L'immense majorité des élèves partageaient les idées de leurs parents qui votaient à plus de soixante-dix pour cent pour le parti communiste. Ellenec était de l'autre bord, et ce n'est pas tant parce que son père était policier qu'on le tenait à distance, mais à cause des positions qu'il défendait. (Et aujourd'hui, son champion Deflanques ose dire qu'il n'a pas remis les pieds dans notre ville parce qu'il n'est pas du genre à « visiter » les musées du communisme.)

Après l'indépendance de l'Algérie, une autre guerre effroyable, celle du Vietnam, commençait à faire les gros titres des journaux. On a repris le collier. C'était notre principal axe d'activité, la mobilisation contre l'agression américaine. On développait aussi des revendications de loisirs éducatifs pour la jeunesse, comme la construction de maisons de jeunes dans les quartiers, la création d'une piscine. On organisait des sorties en forêt, au cinéma...

Contrairement à ce qu'avance Ellenec, je ne me suis pas battu avec Deflanques pour des questions de « classe ». Ce qui aurait été assez contradictoire avec cette histoire qui, d'après lui, le donnait comme fils caché de Maurice Thorez... L'explication est beaucoup plus simple : on discutait de tout et de rien, avant la reprise des cours, et Deflanques s'était réjoui, devant moi, de la condamnation de Nelson Mandela à la prison à perpétuité. Je reconnais que je m'y serais pris autrement si j'avais su qu'il pratiquait les arts martiaux. C'est mon seul regret. Je m'en veux encore de n'avoir pas été à la hauteur du prisonnier de Robben Island.

Pour finir, je tiens à préciser que je n'ai pas abandonné mes fonctions de responsable du groupe des Jeunesses communistes sur « KO technique ». Je refusais simplement de cautionner la dérive de cette organisation, à Aubervilliers, où elle était tombée entre les mains de personnes qui songeaient davantage à s'amuser qu'à changer le monde. C'était pareil à Bobigny, à Saint-Denis, à Bagnolet. Certains dirigeants se mettaient à courir après la mode du rock, du jean et du Coca-Cola. Notre journal qui avait pour titre *Avant-Garde* s'était sabordé pour être remplacé par une pâle copie de *Salut les copains* avec comme nom la reprise des paroles d'une chanson de Françoise Hardy : *Nous les garçons et les filles*. Il se murmurait qu'en conférence de rédaction la proposition de publier une rubrique astrologique avait été repoussée de justesse !

Fraternellement.

Roland Berthier

J'ai soudain ressenti une poussée d'angoisse. Ce qui défilait sur l'écran n'en était nullement la cause. Cela venait, d'après le docteur, de ma décision d'arrêter de mastiquer mes six Nicorettes journalières qui m'avaient permis, pendant trois ans, de résister à l'envie de griller mes deux paquets de clopes quotidiens. Je me limitais à une gomme, quand le besoin se faisait trop aigu. François avait bien tenté de me faire porter le patch de son labo, mais je n'appréciais pas le côté « implant » du sparadrap imbibé. Le sevrage brutal de la nicotine contenue dans les gommes agissait sur mon métabolisme. Cela pouvait aller de la sensation de crainte diffuse à l'accès de panique. J'y avais été sujette, le mois précédent, au beau milieu d'une réunion que j'avais été obligée d'écourter. Les collègues m'avaient toisée comme une pauvre ménopausée sans se douter du plaisir que leurs regards me procuraient. Rien de tel, pour dominer le malaise, que la maîtrise de la respiration et la recherche d'une source d'air frais.

Je suis allée m'accouder au balcon pour retrouver mon calme et résister à l'envie de prendre un chewing-gum. Pas une fenêtre éclairée dans la rue des Boulets. Les lampadaires en veilleuse jetaient une lumière jaune sur l'asphalte. Soudain, un scooter sur lequel se tenaient deux hommes casqués s'est arrêté à une centaine de mètres, au coin de la rue du Faubourg-Saint-

Antoine. Je me suis penchée pour mieux les voir. Le pilote venait de manœuvrer pour placer l'engin sur le trottoir, remonter la voie à contre-sens, à petite vitesse, tandis que son passager ne cessait de tourner la tête sur sa gauche tous les trois mètres, chaque fois qu'ils doublaient une voiture en stationnement. À un moment, il a tapé sur l'arrière du casque de son coéquipier pour que celui-ci freine. Il a alors sorti un petit marteau de la poche intérieure de son blouson, s'est penché vers la vitre d'une grosse Honda qu'il a pulvérisée d'un coup sec et silencieux avant de descendre effectuer l'inventaire du véhicule. Vingt secondes, montre en main, pour rafler ce qui traînait. Le travailleur de la nuit a ensuite repris sa place pour s'attaquer à une Alfa Romeo, cinquante mètres plus loin. Tous les matins, sur le chemin du métro, mes souliers crissaient en écrasant des éclats de pare-brise, je compatissais en entendant les voisins maudire les casseurs invisibles...

Maintenant, je pourrais faire la fière en leur expliquant comment ils procédaient. Mon petit malaise m'avait coupé les jambes. Je n'avais plus le courage de poursuivre ma lecture. Avant d'éteindre l'ordinateur, j'ai quand même ouvert un dernier message qui n'occupait que quelques lignes sur l'écran.

Chers tous,

Ce n'est pas parce que Roland Berthier s'attaque à Ellenec qu'il doit s'affranchir de la vérité qui seule, dit-on, est révolutionnaire. Contrairement à ses allégations, ce n'est pas le ploutocrate, l'accapareur, le suppôt du Capital, le suceur de sueur Robert Deflanques qui a bavé sur le « musée du communisme municipal », mais la star du Poitou-Charentes, Georges Mandelberg alias Ron Sullivan, dont on sait ce qu'il faisait, lui, en 68 : il roucoulait chez Festival. Je nourrissais jusqu'à cet instant assez peu de sympathie à l'égard de notre ancien directeur, M. Gentil, mais s'il se confirme qu'il a accepté un cogneur de prof pédophile dans son établissement, je révise mon jugement basé sur les multiples vexations qu'il me faisait subir quand j'étais sous sa coupe.

Gentil, je t'aime !

Votre obligé, Armhur Tarpin.

François dormait comme un ange sur le canapé. Je me suis étirée voluptueusement dans le grand lit, cherchant la fraîcheur des draps là où il n'était pas. Le sommeil m'a surprise alors que j'étais à deux doigts de percer le secret du pseudonyme d'Armhur, qui me faisait penser tout autant à Arthur Martin qu'à Arsène Lupin. Au réveil, tout s'était évaporé, Arsène Martin tout autant qu'Arthur Lupin. J'ai dû secouer François à plusieurs reprises pour qu'il émerge péniblement de sa léthargie. L'explication de son état se trouvait face à moi, sur la deuxième étagère, quand j'ai ouvert l'armoire de toilette pour prendre le dentifrice. Le tube de somnifères renversé, les cachets épars... Il ne s'était pas assommé qu'au massaya ! J'ai tout remis en place, sans un mot. J'étais passée par là moi aussi, j'y avais même longtemps stationné au point que certains, lorsque j'étais au creux de la vague, me traitaient comme une épave... Que savaient-ils de moi ? Rien. D'ailleurs, ils avaient toutes les excuses du monde puisque je n'étais pas encore moi. Des poignées entières de pilules pour envelopper le malaise dans un nuage cotonneux, à la limite de l'overdose. Tenir coûte que coûte la curiosité à distance, mettre du flou sur les contours... C'était grâce à lui, à son amour, que je n'avais pas sombré.

Je suis ressortie de la salle de bains en m'aspergeant de déodorant, l'air faussement détaché.

— Il faudrait peut-être que tu ailles voir le toubib... Mes vieux médocs ne sont sûrement pas adaptés à ton cas. En plus, je viens de vérifier, la date d'utilisation est périmée...

— Je n'ai pas envie de faire des confidences à un médecin... Tu me vois me mettre à chialer devant Léman, comme un petit garçon à qui on a cassé son jouet ? Je vais lui dire quoi ? Qu'on me fait des misères au boulot, que je suis devenu *has been...* Que ma date d'utilisation est aussi périmée ?

Je l'ai attiré contre moi.

— Bien sûr qu'il faut que tu lui dises ça, avec d'autres mots...

J'ai ressenti son irritation au tremblement qui l'a agité.

— Ah oui, et lesquels, si ce n'est pas trop te demander ? Il est où, le manuel ?

— Tu lui expliques simplement ce qui se passe : que la boîte vire le personnel le plus qualifié, le mieux payé, que ça te bouffe la vie, que ce soit au travail ou à la maison. Que tu n'as plus envie de rien, ni de lire, ni d'aller au cinéma, ni de voir tes amis. Que tu te prends pour un raté, un inutile. Que tu dors mal, que tu t'es mis à boire, à avaler des cachets... Il va comprendre... Il est là pour t'aider. Tu n'es pas le seul dans ce cas-là...

— « Il va comprendre » ! Tu en as de bonnes... Qu'est-ce que tu crois qu'il va faire ? Tu l'imagines en train de téléphoner aux golden boys des fonds de pension de Floride, de Californie, pour les convaincre de se montrer prévenants, de respecter la fragilité de la nature humaine ?

— Non, mais il pourrait te prescrire un traitement adapté, te diriger vers un psychologue, t'arrêter cinq ou six jours... Je m'arrangerais avec mon patron pour prendre une semaine. On profiterait de la pause pour aller quelque part, le temps de souffler, de retrouver nos marques. Au soleil...

Il s'est détaché de moi.

— Je vais me doucher, ça me fera du bien... Je ne crois pas que ce soit une bonne idée de prendre un arrêt maladie... N'importe comment, j'emporterais mes problèmes à l'autre bout de la planète. J'ai besoin de savoir ce qui se trame. Tu sais, les absents ont toujours tort.

Dans la rue, j'ai fait une halte pour parler à un voisin qui remplaçait provisoirement le déflecteur brisé de son Audi par un morceau de carton. Je lui ai fait part de mes découvertes nocturnes.

— Ils sont très organisés. Je les ai aperçus depuis mon balcon, cette nuit. Ils passent en scooter sur le trottoir... Ils repèrent ce qui les intéresse et ils cassent les vitres au marteau...

Il m'a à peine écoutée et s'est mis à aboyer.

— Vous avez appelé les flics, vous avez pris des photos ?

— Non...

— Pourquoi vous me racontez vos salades, alors ? Vous ne voyez pas ce qu'ils ont fait à ma voiture !

Il a failli me sauter à la gorge quand je lui ai tout simplement répondu que ce n'était pas mon travail, que c'était à la police de faire des rondes, surtout depuis le temps que ça durait. Je suis montée jusqu'à Nation, mais au dernier moment, je n'ai pas eu le courage de prendre le métro. Le taxi, bien qu'orphelin de GPS, s'est débrouillé comme un chef pour éviter l'engorgement de Rivoli. J'ai attendu en mâchant un chewing-gum que Lydia finisse de fumer sa cigarette jusqu'au filtre, au pied de l'immeuble, pour grimper avec elle dans l'ascenseur. La matinée a filé à la vitesse de l'éclair. Une rencontre avec les rédacteurs de la campagne de communication du Parc naturel du Mercantour, une autre avec le responsable des achats d'espaces audiovisuels, une visite aux graphistes chargés du dossier sur la rénovation urbaine. À treize heures, je me suis contentée d'un yaourt et d'une pomme que j'ai avalés en consultant distraitement les derniers potins de Gabriel-Péri, sur l'écran.

Bonjour à tous,
Permettez-moi tout d'abord de vous dire qu'il est assez étonnant de se retrouver plongé dans le temps d'avant quand on habite depuis près d'un quart de siècle à vingt mille kilomètres de la métropole. J'ai refait ma vie sur les hauteurs de Nouméa, en Nouvelle-Calédonie (le lagon, le sable blanc, la mer à perte de vue), et rien n'est plus éloigné de mes préoccupations que les retrouvailles avec les copains d'enfance. J'avais totalement effacé de mon histoire le fait d'avoir interprété le personnage de Don Quichotte, le jour de la cavalcade de l'école laïque ! C'est bien la seule

fois de ma vie que j'ai foulé les planches, moi qui arrive à peine à mémoriser les paroles du refrain de *La Marseillaise* ! Ellenec, mon fidèle écuyer Sancho, c'était pareil, son souvenir était parti avec l'eau du bain.

Il a fallu que je lise le courrier de Georges Mandelberg pour que des bribes de son existence (et de la mienne) remontent à la surface. C'est assez curieux de constater de quelle manière un souvenir en appelle un autre, comment ça se fraye un chemin jusqu'à la conscience... Notre prof de français s'appelait Rodriguez, ce qui explique sûrement le choix du thème, le livre de Cervantès. J'ai continué à le voir assez souvent, à la maison, les mois qui ont suivi. C'était un ami de mes parents. Puis un jour, il a disparu. Mon père disait qu'il avait été arrêté en Espagne, torturé et jeté en prison, à Carabanchel, près de Madrid. La police savait qu'il préparait un attentat. On ignore ce qu'il est devenu. Son parcours pourrait utilement inspirer notre ami Ron Sullivan pour l'aménagement de son musée des utopies défuntes...

Meilleures pensées des antipodes.
Pascal Zavatero

Armhur Tarpin avait aussitôt réagi.

Bienvenue au club, Pascal Quichotte,
Pourquoi, sans preuve, jeter l'opprobre sur ce pauvre Rodriguez relégué dans un cul-de-basse-fosse d'Ibérie ! On aimerait en savoir davantage

pour se solidariser ou demeurer sur son quant-à-soi. D'abord, était-ce un bon prof ? Je cherche (j'étais pourtant plutôt versé littérature), mais rien ne remonte !

À te lire.

Armhur Tarpin

J'allais me déconnecter après avoir surfé sur un site d'enchères, quand le signal sonore a annoncé l'arrivée d'un nouveau courriel en provenance du bout du monde.

À tout prendre, j'aurais préféré être surnommé Don Zavatero plutôt que Pascal Quichotte. S'il est possible de rectifier, pour la suite... Merci.

Il n'a jamais été dans mon intention de jeter l'opprobre sur Michel (Miguel) Rodriguez. Bien au contraire. Comme je le précisais, c'était un proche de mes parents, arrivé en France en 1939 dans le même mouvement qu'eux, après la défaite de la République espagnole. Plusieurs milliers de ces exilés avaient trouvé refuge à Aubervilliers, Saint-Denis, Saint-Ouen, dans la quartier du Landy où s'élève aujourd'hui le Stade de France. Avant, ils avaient été confinés pendant des mois sur des plages hostiles battues par le vent, dans les camps de concentration oubliés des Pyrénées, du Gers. Il habitait jusqu'à son départ clandestin pour l'Espagne à La Plaine-Saint-Denis, rue Cristino-Garcia, à cent mètres du patronage que toute famille espagnole normalement constituée se devait de fréquenter au moins une fois la semaine. On venait y danser, jouer aux cartes, chanter, manger des tapas, des paellas d'anthologie, mais surtout y parler politique, entretenir l'espoir qu'un retour était possible, sous les couleurs républicaines, que le peuple finirait bien par venir à bout du généralissime Franco. Il y avait également des séances de cinéma, des représentations théâtrales. Pas de programme classique ni de boulevard. Rien que du théâtre de combat. En 1964, quelques semaines avant la cavalcade, alors que j'étais en pleine répétition pour le rôle de ma vie, ma mère m'a traîné au patronage, avec mes sœurs, pour entendre la lecture d'une pièce par celui-là même qui venait de l'écrire, Armand Gatti. Un texte inspiré par l'exécution, aux États-Unis, de deux anarchistes italiens, Sacco et Vanzetti, condamnés pour prétendu terrorisme. Ça s'appelait *Chant public devant deux chaises électriques*... C'est là que j'ai appris que décortiquer le mécanisme de l'injustice, c'est une manière d'entretenir l'esprit de révolte. Armand Gatti (il continue toujours, à plus de quatre-vingts ans) était seul sur l'estrade, assis devant un pupitre éclairé par une lampe de bureau. Dès qu'il a commencé à lire, c'est devenu passionnant, tellement il dégageait de force, de conviction, d'humanité. Quand il avait terminé de lire une page, il la lançait devant lui, d'un geste imperceptible. Une impulsion brève du poignet, et elle flottait au-dessus de la scène comme une plume arrachée à un oiseau, avant de venir se poser sur le sol. C'était fascinant. À la fin de la lecture, le parquet était blanc, on aurait dit que la neige était tombée.

Le groupe de militants qui gravitait autour de M. Rodriguez se méfiait assez des communistes qui étaient ultramajoritaires dans la communauté des réfugiés. On pouvait difficilement les éviter : ils dirigeaient des dizaines d'associations de secours, de parents d'élèves, de mal logés, les cercles culturels ou sportifs... Un véritable quadrillage. Chez nous, on penchait davantage du côté des libertaires, la mouvance de la Confédération nationale du travail, sans être pour autant affiliés à aucun mouvement. D'après ce que j'ai pu reconstituer, Miguel, notre prof, s'est mis en contact avec le groupe *Defensa interior*, qui avait décidé de relancer l'action armée contre le franquisme. Deux jeunes membres de cette organisation, Joaquín Delgado Martínez et Francisco Granado Gata, venaient d'être garrottés à Madrid, c'est-à-dire étranglés au moyen d'un lacet, comme au Moyen Âge, pour avoir projeté un attentat à l'explosif visant directement Franco. L'objectif de notre prof de français consistait à faire sauter une bombe place San Juan de la Cruz à Madrid, au pied de la statue équestre du dictateur, le jour anniversaire de l'assassinat de ses deux camarades. Il a passé la frontière à pied, par des chemins de contrebande, grâce à des réseaux qui fonctionnaient depuis un quart de siècle, avec dans la poche des faux papiers dont le seul défaut était qu'ils paraissaient plus vrais que des originaux. Il ignorait que chaque fois qu'il franchissait cent kilomètres en train, qu'il en parcourait un à pied, les services de sécurité du régime arrêtaient un militant de *Defensa interior*, qu'ils lui faisaient subir les pires tortures pour parvenir à reconstituer minutieusement l'organigramme du groupe... Sans le savoir, Miguel avançait dans un désert qui ne cessait de s'étendre. Il est tombé dans une souricière tendue par la Guardia Civil, la veille de l'attentat qu'il projetait, au moment où il s'apprêtait à récupérer les détonateurs. Après avoir subi le même traitement que ceux qui l'avaient précédé, il a été incarcéré à la prison de Madrid, Carabanchel, dans la cellule où Joaquín Delgado avait passé ses derniers jours. Le tribunal lui a infligé trente années de détention. Sans sa carte d'identité française, c'était la mort. Selon toutes probabilités, il a été libéré après la mort de Franco, dix ans plus tard...

Je n'en sais pas plus. Sinon, pour répondre directement à la question d'Armhur, M. Rodriguez était un excellent prof. Il ne s'en tenait pas au programme, comme tant d'autres. Il dépoussiérait, il ouvrait les fenêtres... Pas évident, au milieu des années soixante, dans un collège de la banlieue ouvrière, de donner à lire Vian, Camus, ni même Prévert. Aujourd'hui, les frontons des lycées portent leurs noms, mais ça avait du mal à passer, dans l'Éducation nationale, les poèmes qui disaient :

« Cordonniers de Cordoue soutiers de Barcelone
pêcheurs des Baléares ou bien du Finisterre
rescapés de Franco
et déportés de France et de Navarre
pour avoir défendu en souvenir de la vôtre
la liberté des autres. »

Voilà, parmi les traces qu'il a laissées dans mon esprit, ces quelques vers d'*Étranges étrangers*. Si quelqu'un possède des informations sur ce qu'il est devenu, je suis preneur.
Amitiés à tous.
Pascal Zavatero

Il a fallu que je me décide à conduire une réunion de cadrage destinée à régler la répartition, entre les principales radios, des spots de la campagne annuelle de sécurité sur les plages. Puis j'ai demandé à Lydia de s'occuper du transfert de nos archives VHS qui remplissaient un meuble entier du bureau vers un support DVD. J'ai attendu qu'elle soit sortie pour déplier mon téléphone. La sonnerie n'a pas eu le temps de retentir que le docteur Léman me répondait déjà. C'est lui qui m'avait suivie pendant toutes mes histoires, passant des nuits entières, en compagnie de François, à étudier les protocoles des médicaments prescrits par les spécialistes, à traquer les effets indésirables, à se mettre sur la piste de produits plus adaptés à mon cas que ceux proposés par les géants de la pharmacopée. Il s'était également attaché à me maintenir le moral au-dessus de la ligne de flottaison en me composant, au milligramme près, des cocktails chimiques maison... Pour une part, il m'avait fait renaître.

— Je suis content de t'entendre, Dominique. J'allais t'appeler pour prendre des nouvelles... Qu'est-ce qui t'amène ? J'espère que tout va pour le mieux ?

— Personnellement, je ne me suis jamais sentie aussi bien dans ma peau... Avec trente ans de moins, ce serait parfait... Le souci, en ce moment, ce serait plutôt François...

— Qu'il vienne me voir. Pas la peine qu'il prenne rendez-vous, il me passe un coup de fil une heure avant, sur mon portable...

— Je n'arrête pas de lui dire de te rendre visite... Impossible, il bloque...

— Il bloque ? Avec moi ! Tu veux dire qu'il débloque ! Je le connais sous toutes les coutures, de quoi il a peur ?

— De tout... Il est en pleine déprime.

Il y a eu un instant de silence.

— Si un menhir comme François est en dépression, c'est que le monde va infiniment plus mal que je ne le pensais... Qu'est-ce qu'il a ? Ne me dis pas que ça ne colle plus entre vous deux...

— Si c'était le cas, je ne t'aurais pas téléphoné : j'aurais pris le voile, prononcé mes vœux de silence, et je me serais retirée dans un couvent cistercien. Tu sais bien que, sans lui, je n'existe pas.

— C'est quoi alors, le travail ?

— Oui. Depuis plus de six mois, la direction de sa boîte joue au yoyo avec ses nerfs... Un jour ils réorganisent, le lendemain ils ajustent, la semaine suivante ils restructurent... Chaque fois, son poste est dans le collimateur des coupeurs de têtes... Il s'épuise à démontrer que son service sert à quelque chose, à prouver qu'il est rentable, innovant... Il a tenu bon, puis ça s'est effiloché. Depuis quelques jours, je sens qu'ils ont réussi à entrer dans sa tête. Il commence à croire qu'il représente vraiment une partie du problème. Il aura du mal à s'en sortir tout seul...

— Essaye de le convaincre de faire un saut chez moi... Si je n'ai pas de nouvelles d'ici une semaine, c'est moi qui passerai vous faire un petit coucou... Excuse-moi, je dois te laisser, j'ai un patient qui s'impatiente... Je t'embrasse, ma petite Dom.

En me replaçant devant l'écran pour consulter le forum, je me suis avoué pour la première fois que c'était aussi une manière de retrouver François que d'usurper ses messages. Je savais bien, en même temps, que cela ne constituait qu'une fraction de l'explication, la seule partie émergée. Je n'étais pas encore assez forte pour aller plus loin. Ce que je cherchais surtout à atteindre, en attirant les confidences de ses copains, me concernait au plus profond. L'essence de mon bonheur était née d'un abandon voulu, assumé. Pourtant rien ne pourrait jamais couper tous les fils invisibles qui me reliaient à ma vie antérieure. Et <u>www.camarades-de-classe.com</u> était un de ces fils. J'ai rapproché le siège du bureau. Un nouveau correspondant venait de se manifester.

Bonjour. Je tiens à remercier Denis Ternien d'avoir pensé à me faire parvenir tout votre échange d'informations. Je suis en longue maladie, à cause d'une de ces nombreuses saloperies qu'on attrape au boulot. Rassurez-vous, je ne me mets pas au pupitre pour venir déverser mes malheurs et chercher du réconfort. Mon état de santé m'oblige à effectuer plusieurs séjours en hôpital chaque année. C'est le cas en ce moment, et la lecture de vos courriers est un remède très efficace contre l'ennui. Une bonne partie de ce que vous racontez m'était sortie de la tête, moi aussi, effacée avec quelques millions de neurones... C'est assez curieux : en vous lisant, j'ai le sentiment de récupérer un peu de ma mémoire, tout en ayant l'impression bizarre que cela pourrait aussi bien ne pas m'appartenir... Les visages reviennent, les uns après les autres, les décors, les vêtements, les coupes de cheveux, les sons, la musique, même les odeurs comme celle du Pento... Le seul que je ne parviens pas à mettre en situation, dans tout ce fatras, c'est moi. Je me résume à un simple regard sur tout ce qui est en train de s'agiter. Si je ne figurais pas sur la photo du voyage à Reims, j'aurais soutenu sincèrement que je n'y avais pas participé. Étonnant comme le temps nous rend étrangers à nous-mêmes. Ce cliché m'a donné l'occasion de revoir la bouille de celui qui était mon meilleur ami de l'époque, dont le nom rimait avec le mien, Frédéric Allard. Il n'a pas rejoint le « club », pour le moment. Est-ce que quelqu'un sait ce qu'il est devenu ? Je lui lance un appel.

Jean-Pierre Brainard

C'est avec plaisir que j'ai constaté que le contributeur masqué avait repris du service. Je commençais à m'habituer à ses interventions.

Estimé Don Zavatero,

Mes plus plates excuses : Miguel Rodriguez est, d'après le portrait que tu en traces, digne d'éloges. On ne peut que s'incliner devant son esprit de sacrifice. Ce qui m'étonne, c'est qu'il nous ait fait lire Albert Camus, alors que lui-même projetait d'aller poser une bombe en Espagne. L'auteur de *L'Étranger*, si je peux me permettre, n'était pas de mèche ! Paradoxe ou contradiction ? J'ai bien noté qu'il ne visait qu'un symbole, la statue d'un boucher. Les deux jeunes martyrs auxquels il voulait rendre hommage me semblaient, eux, plus déterminés. Il y avait de la chair humaine au bout de leur fusil, pas que du bronze. Le fait de s'attaquer à une simple représentation du dictateur avait-il valeur de critique ? Si je me souviens bien, Camus a obtenu le prix Nobel au début de la guerre d'Algérie (1957, on me corrige si je me trompe), et il a répondu ceci à un étudiant algérien qui l'interrogeait, à Stockholm, sur les attentats terroristes : « En ce moment, on lance des bombes dans les tramways d'Alger. Ma mère peut se trouver dans un de ces tramways. Si c'est cela la question, je préfère ma mère à la justice. » Rodriguez nourrissait peut-être un faible pour la fin de *L'Étranger* : « Il me restait à souhaiter qu'il y ait beaucoup de spectateurs le jour de mon exécution et qu'ils m'accueillent avec des cris de haine. » Quel Camus nous a-t-il présenté avant d'aller à la rencontre de son destin, celui du tramway, celui de l'échafaud ? *That is the question !*

Et puisque le camarade Ellenec persiste dans son mutisme, alors que le monde entier espère dans sa parole, levons un nouveau coin du voile. Est-il vrai que Mme Ellenec se prénomme Joëlle ? Sur ce, je vous quitte ; j'ai promis d'emmener des cousins de province à Paris-Plage. Avant, quand ils venaient passer quelques jours dans la capitale, ils ne loupaient pas le zoo de Vincennes ou la ménagerie du Jardin des Plantes. C'est à ce genre de détails qu'on s'aperçoit que le temps passe. *Tempora mutantur et nos mutamur in illis*[1], comme on disait à Lutèce.

Votre toujours dévoué, Armhur Tarpin.

---

1. « Les temps changent, et nous changeons avec eux. »

Le téléphone s'est mis à vibrer dans la poche de ma veste de tailleur alors que je déplaçais le curseur vers l'intervention d'un nouveau venu, Edgar Bernot. Au bout du sans-fil, un ponte de la *Zidane Corporation* m'avertissait que l'agenda du champion du monde était saturé, sans rémission, le jour prévu pour le tournage du plan à incruster dans le film du ministère de la Rénovation urbaine. La tuile. On me proposait des dates de repli. Je me suis immédiatement mise en rapport avec la production. Aux jours possibles pour le remplacement, c'était au tour du metteur en scène d'être indisponible. On a fini par s'apercevoir, en superposant les plannings, que les deux protagonistes, Zidane et Chabat, se trouveraient au Maroc, la semaine d'après. L'un à Rabat pour une réception officielle, l'autre à Essaouira pour les repérages d'un long-métrage. C'était jouable. Lydia, revenue dans l'intervalle, allait se charger de tout coordonner.

L'heure suivante, j'ai dû me montrer sur la terrasse plein ciel qui prolongeait les salons du dernier étage. Une marée de toits gris, du zinc comme un océan immobile, puis les monuments en récifs, la tour Saint-Jacques, Notre-Dame, la Sainte-Chapelle, le Grand Palais, le dôme des Invalides, la tour Eiffel, celle de Montparnasse... Notre directeur offrait une réception au personnel à l'occasion de sa nomination au grade de chevalier dans l'ordre des Arts et des Lettres. Champagne rosé, petits-fours. Un fils de pub honoré par un ministre de la Culture, il y aurait eu là de quoi alimenter l'ironie du mystérieux Armhur Tarpin.

Avant de partir, des bulles plein les mirettes, j'ai pris connaissance du mail en suspens alors que tout le monde désertait l'immeuble.

Bonjour à tous,

Tout d'abord, je tiens à vous préciser que je suis le troisième en partant de la gauche, au deuxième rang, sur la photo du voyage à Reims. J'espère pour vous que vous n'avez pas pris un coup de vieux aussi violent que moi. Il a fallu que je me cherche pour me reconnaître. Un peu plus, j'avais besoin des lumières de l'identité judiciaire ! Pour être tout à fait sincère, je ne comptais pas intervenir dans ce forum. Je reçois les messages, j'y jette un regard rapide, puis je passe à autre chose. J'ai trop à faire avec la vie de tous les jours pour, en plus, me charger du poids du passé. Pourtant, le passé ne cesse de s'intéresser à moi : il y a une semaine, j'ai reçu mon dossier de retraite, avec le « relevé de ma situation individuelle ». Ils ont de ces expressions... Mon intention n'est pas de vous saouler avec mes problèmes personnels, je veux simplement que vous sachiez à qui vous avez affaire. Au lieu des cent soixante trimestres exigés pour une pension à taux plein, ils ne m'en accordent que cent quarante, ce qui va amputer le versement mensuel de ma pension d'un bon cinquième. Avec comme conséquence directe de me mettre dans le rouge au quinze du mois... Pourtant, je n'ai pas arrêté de bosser tout au long de ma vie. Les cinq années manquantes correspondent à la période pendant laquelle j'ai exercé des fonctions politiques et syndicales, avec salaires à la petite semaine, au noir, quand les finances de l'organisation le permettaient. Pour défendre les autres. Rassurez-vous, je n'ai aucun regret, je ne vais pas lancer de souscription, d'appel au peuple : je me fais doucement à l'idée que je vais continuer à me lever tôt, à travailler davantage pour ne pas gagner plus que ce qui m'est normalement dû... Au lieu de partir à soixante ans, je sacrifierai cinq ans, en supplément, pour refaire mon retard, malgré l'immense fatigue. Tout ce que j'espère, c'est que d'ici là ils ne repoussent pas la limite à cent quatre-vingts trimestres ! Pas envie de cumuler la retraite et l'éternité !

C'est bien entendu la lettre de Roland Berthier qui m'incite à m'adresser à vous. Je ne pense pas que nos petites histoires d'adolescents boutonneux passionnent les foules. Le problème, c'est que ce sont « nos » histoires, dérisoires mais singulières, et qu'il est nécessaire de les relater avec un minimum de sincérité pour que chacun puisse s'y retrouver. J'ignorais par exemple le parcours de Miguel Rodriguez, un prof dont le souvenir est toujours resté vivace à cause d'un livre, *L'Écume des jours* de Boris Vian, dont il m'avait conseillé la lecture. Apprendre des bribes de sa destinée, ce matin, m'a comme rattaché au monde, par l'émotion. Ça efface une partie de l'écœurement, ça fait reculer le cynisme dont on se recouvre, comme une carapace, pour ne pas crever. C'est peu dire que la prose de Berthier n'a pas suscité une élévation de qualité comparable. L'impression qu'il a traversé le temps, changé de siècle, sans bouger d'un iota. Pour beaucoup d'entre vous, nous formions une équipe soudée à la tête des cercles de la Jeunesse communiste de la ville. Nous étions sortis du même moule, et notre avenir était tout tracé. Dirigeant politique, maire, conseiller général, pourquoi pas député ? Les apparences sont souvent trompeuses. Je ne le pensais pas en ces termes à l'époque, les mots me manquaient. Berthier a toujours représenté le caporalisme, cet état d'esprit qui sacrifie la sincérité, qui flingue le surgissement de l'inattendu sur l'autel de l'obéissance, qui privilégie toujours la cohésion de la caste. Un fonctionnaire dans l'âme dont le ministère de tutelle était la commission de contrôle idéologique du Parti. Il ne pensait pas, il référait. Je ne le laisserai pas répandre l'idée que notre mouvement, sur la ville, était en pleine déliquescence, que Berthier serait parti de son plein gré pour ne pas cautionner une hypothétique dérive. Non, la réalité, c'est qu'on l'a foutu à la porte ! Je rembobine, et je vous repasse le film, format super 8.

On sait assez peu que 1964 et 1965 sont des années charnières en banlieue rouge. Jusque-là, c'était un sanctuaire, une sorte de démocratie populaire tolérée aux marges de la capitale. Une nouvelle génération pointe le bout du nez. On s'éloigne de l'esprit de la Résistance, celui de 1968 frappe à la porte, on commence à faire ami ami avec les frères ennemis du parti socialiste, avec la candidature de Mitterrand en ligne de mire, l'union de la gauche comme moyen de conquérir le pouvoir. Les luttes anticoloniales ont pris fin après l'indépendance de l'Algérie... Surtout, deux conflits prennent rapidement la relève. Le premier traumatisant et incompréhensible pour l'électorat du parti communiste : l'opposition armée entre la Chine de Mao et l'URSS de Brejnev, patrie proclamée du socialisme. L'autre d'une clarté absolue, la guerre à outrance menée par les Américains au Vietnam.

Mais ce n'est pas là-dessus que nous nous sommes opposés, Berthier et moi. Ce qui a fait la différence, de manière surprenante, c'est l'irruption du rock. Depuis des mois, le cercle des jeunes communistes se réunissait dans un baraquement de la vieille école du Montfort. Que des mecs, par obligation statutaire. D'un côté, les Jeunes communistes, de l'autre, les Jeunes Filles de France... Un mur de pudibonderie entre les deux, comme au collège. Le lieu servait aussi de salle de répétition à un groupe de yéyés, Les Rêveurs. On les croisait à l'occasion. Je crois me rappeler que Georges Mandelberg, le futur Ron Sullivan comme je l'ai appris par ce forum, a tenu un temps le manche de la guitare basse. Des copains gentillets, modérément électrifiés, qui participaient depuis deux ans aux Relais de la Chanson française, un concours national sponsorisé par l'organisation. Ils ont viré leur cuti en entendant *You Never Can Tell* de Chuck Berry, *The House of the Rising Sun* des Animals avec la voix de rocaille d'Eric Burdon, ainsi qu'*Annie's Back* de Little Richard... Sans parler des Beatles, des Stones, de Bob Dylan ou de James Brown dont les initiés commençaient à murmurer le nom. Du jour au lendemain, ils ont balancé les sucreries de leur répertoire, se sont rebaptisés The Dreamers. Une véritable révolution culturelle dans un secteur où le rejet de l'impérialisme des États-Unis allait, dans les familles, jusqu'à l'interdiction du port du jean, de la consommation du Coca-Cola, de l'écoute de la musique américaine. Excepté celle des frères noirs opprimés, comme Paul Robeson !

Dès qu'on avait expédié l'ordre du jour de nos réunions, on filait les écouter. En moins d'un mois, sans faire de prosélytisme, les effectifs ont explosé ! Des dizaines de nouveaux adhérents, attirés par leurs oreilles, alors qu'il fallait ramer comme des dingues pour convaincre à l'aide de nos seuls arguments ! Tant et si bien qu'on a décidé d'organiser un après-midi dansant avec The Dreamers en vedette.

Berthier voyait tout ça d'un mauvais œil. Sur sa boussole, la barbiche de Lénine remplaçait l'aiguille, pour indiquer la ligne... Il a tenté de s'opposer à nos « meetings musicaux » avec deux ou trois de ses fidèles lieutenants. J'ai emporté le morceau haut la main en obtenant que la décision soit mise aux voix.

Trois jours avant le concert, j'ai été convoqué avec lui et François Bourdet, qui me secondait, devant le secrétaire du Parti, au siège de la section Montfort. Une maison du peuple en bois, avec aux murs les portraits de tous les résistants d'Aubervilliers déportés ou fusillés, celui d'Henri Martin qui avait refusé de combattre au Vietnam, en 1953, la photo entourée de crêpe noir de Suzanne Martorell, morte à Charonne...

L'apparatchik nous attendait au fond, près d'un petit jardin aménagé façon guinguette. Le type m'a fait la morale, m'a mis en garde contre la dérive gauchiste des dirigeants chinois (il fallait bien qu'il l'évoque puisque *L'Humanité* ne cessait de faire les gros titres à ce sujet, même si le répertoire des Dreamers pouvait difficilement passer pour un soutien à la pensée Mao Tsé-toung), avant de me faire part des réticences que notre initiative provoquait. À un moment, il s'est levé, s'est approché d'un électrophone Teepaz qu'il devait avoir installé le matin même pour parfaire sa démonstration. Il l'a mis en marche en repoussant le bras de lecture vers l'arrière et a délicatement posé la pointe du diamant sur un disque 33 tours. Une sonate pour piano de Beethoven ! On s'est regardés avec François, sans comprendre. Il est revenu s'asseoir, m'a fixé droit dans les yeux.

— Écoute. La musique, c'est surtout ça. Tu ne

trouves pas que c'est beau ? Tout le combat que nous menons doit tendre vers un seul but, mettre cette beauté-là à la disposition des masses. Quand un camarade proteste contre de mauvaises conditions de travail, quand une grève éclate pour l'augmentation du pouvoir d'achat, quand des travailleurs défilent sur le pavé parisien pour défendre les quarante heures, je vais te dire, ils ne pensent pas égoïstement à leur petite personne. Ils sont conscients d'une autre dimension portée par leur action. Leur lutte au quotidien les dépasse, elle est grosse d'autres potentialités. Être moins fatigué le soir en rentrant du boulot, c'est être disponible pour des activités d'épanouissement de la personnalité. Faire moins d'heures à l'usine, au bureau, c'est disposer de temps pour aller au théâtre, au cinéma. Gagner davantage, c'est ne plus se priver de vacances pendant lesquelles on découvre les richesses culturelles de notre pays, le génie de notre peuple... Je ne vous critique pas par principe. Il faut avoir l'esprit ouvert. La preuve : j'ai fait l'effort d'écouter les Dreamers, l'autre jour. Fais l'effort, de ton côté, d'écouter Beethoven... Écoute... Sincèrement, on n'est pas au même niveau. Il n'y a pas de comparaison... Je n'entrerai pas dans la polémique de leur inspiration musicale essentiellement américaine, ce serait trop facile. Remarque que je n'ai pas dit impérialiste... Mais franchement, toi qui es quelqu'un de raisonnable, tu trouves qu'il y a le moindre intérêt artistique dans leur musique ? Je te fais confiance, Edgar, je connais toute ta famille, ce sont des militants irréprochables. Ils pensent la même chose que moi. Une des rues de la cité des 800 porte le nom d'un de tes oncles, fusillé par les nazis. Ce n'est pas sorcier de deviner ce qu'il en dirait ! Je voudrais que tu m'expliques...

Je vous jure que je n'en rajoute pas. J'ai bredouillé que j'allais réfléchir. J'avais déjà eu l'occasion de discuter avec ce secrétaire de section, un ou deux mois plus tôt. Il m'avait entendu dire mon admiration envers les soldats américains qui désertaient pour ne pas aller au Vietnam. Au cours de cette conversation, j'avais commis l'erreur de lui avouer que je ferais tout pour échapper à l'armée. Il m'avait déjà fait la leçon :

— Tu as tort. Le rôle d'un communiste, c'est de ne pas perdre le contact avec les masses. Il faut se trouver là où elles sont pour leur apporter les éléments de compréhension, les organiser. Dans les difficiles conditions de la guerre d'Algérie, nos militants devaient non seulement répondre à la conscription, ils avaient également le devoir de suivre le peloton des élèves-officiers, s'ils en possédaient les capacités. Pour être en situation, le jour venu, de retourner leurs propres armes contre l'adversaire.

J'avais manqué de courage pour lui rétorquer que les quatre jeunes conscrits de la ville revenus dans un cercueil de zinc, ceux qui traînaient la patte dans les rues, les autres, plus nombreux encore, enfermés dans leurs lourds secrets, illustraient la validité de la ligne...

Une fois dehors, Berthier a recommencé à nous donner des ordres, comme si l'histoire était revenue sur ses pas. François Bourdet lui a mis un pain pour recaler l'horloge. En fait, s'ils avaient fait monter la pression, c'est qu'ils savaient qu'il fallait stopper le mouvement à son amorce, avant qu'il ne prenne de l'ampleur.

On s'est mis au travail avec une énergie décuplée. Préparation de la salle, distribution de tracts, collage d'affichettes, porte-à-porte. Preuve tout autant de notre naïveté que de notre sincérité, nous avions décidé que le public s'acquitterait du prix de l'entrée au concert par l'achat d'un exemplaire du journal de la Jeunesse communiste, *Nous les garçons et les filles* (petite rectification à l'intention de Berthier : Françoise Hardy chantait, elle, *Tous les garçons et les filles*). Dès l'ouverture des portes, on a compris que c'était gagné. Les jeunes venaient de partout, pas seulement du Montfort. Ça descendait de la Villette, des Courtillières, du Landy, de la Frette, des Bergeries, des bidonvilles du canal. Autant de mecs que de nanas ! Le commissaire politique dépêché par la direction nationale pour nous casser les pattes a été contraint de nous féliciter quand je lui ai remis une somme représentant la vente de cinq cents numéros. On avait battu tous les records de diffusion militante ! Je crois qu'il aurait été difficile de faire mieux, même avec Beethoven.

Le succès de la journée a eu des répercussions politiques inattendues. Des dizaines de couples s'étaient formés à la faveur des quelques slows joués par l'orchestre. Lors de la réunion de bilan qui a suivi, au lieu de se retrouver entre garçons, c'était devenu naturellement mixte. Je revois Berthier lors de son arrivée dans la salle. Il s'est immobilisé, bouche ouverte, yeux écarquillés... Il a attrapé par le bras une petite brune qui présidait, Mireille Dutoit, pour la mettre dehors, en hurlant qu'elle n'avait rien à faire là. Une trentaine de personnes ont marché droit sur lui. Il a abandonné la partie, suivi de ses trois sbires habituels. Un quart d'heure plus tard, j'étais élu à son poste, par un vote unanime. Voilà la réalité.

Pour la petite histoire, je voudrais rappeler aux incrédules que les événements de mai 68 ont débuté à la faculté de Nanterre, quand on a voulu interdire aux étudiants l'accès des résidences universitaires réservées aux étudiantes.

Pour finir, je voudrais transmettre un message à Jean-Pierre Brainard qui nous dit qu'il attend des nouvelles de son pote Frédéric Allard dont le père avait repris la direction du Family, l'un des deux cinoches de la mairie, avec l'Éden. Un de mes amis l'a rencontré dans de curieuses circonstances, il y a une petite dizaine d'années. Aussi surprenant que ça puisse paraître, Allard était devenu détective privé. Comme dans les films. Si je parviens à en savoir un peu plus, je remets un mail sur le forum.

Amitiés à tous.

Edgar Bernot

Un orage aussi soudain que violent m'a privée d'un moment de flânerie dans le quartier de
la Bastille, m'obligeant à prendre le métro. Pendant le trajet dans le wagon brinquebalant, j'ai
pu vérifier que je n'étais pas une vraie Parisienne. Dès le départ de la rame, un accidenté
de la vie a essayé, en élevant la voix, de couvrir
le bruit du métal au travail. Le genre de discours
que les usagers entendent chaque fois que leur
ticket de carte orange prend l'air et qui débute
par la dénégation de ce qui va arriver en conclu-
sion : l'appel à la générosité publique. Au terme
de son adresse aux voyageurs, il a tiré avec ses
dents sur le cordon qui retenait sa veste. Le
vêtement a glissé, découvrant les deux moignons
auxquels se résumaient ses membres supérieurs.
Une gamine que personne n'avait remarquée
jusque-là s'est alors approchée d'un premier
voyageur en lui présentant une sébile, ne réus-
sissant qu'à le contraindre à braquer son regard
vers le sol. Rien. Personne n'a utilisé un bras,
une main, dont ils étaient tous dotés, pour faire
l'aumône de quelques dizaines de centimes. J'ai
payé pour tout le wagon, une tournée générale
d'émotion, en faisant tomber deux euros dans la
coupelle. L'éclopé et sa fille sont descendus à la
station d'après, et on m'a regardée comme si
j'étais de leur famille. Il me restait des progrès à
faire, il fallait que je m'endurcisse encore.

François m'avait précédée à la maison. Il

déambulait vêtu d'un jogging aux genoux pochés, traînant son ennui sur deux savates déformées. Une grille de sudoku à moitié remplie était posée sur la table. Inutile de le prendre frontalement. J'ai usé de la plus parfaite mauvaise foi.

— Qu'est-ce qui se passe, chéri ? Tu es déjà déshabillé ou tu vas prendre une douche ?

— On n'a rien prévu ce soir... Je suis crevé, Dom. Si ça ne te gêne pas, j'aimerais qu'on reste tranquilles à la maison...

Il ne fallait surtout pas qu'il commence à évoquer ses ennuis de boulot, sinon c'était terminé.

— Ne me dis pas que tu as oublié...

— Oublié quoi ?

— Tu m'avais promis qu'on essaierait le petit resto qui vient d'ouvrir. Tu sais bien, celui qui se trouve juste avant chez Ramuleau...

Il s'est gratté la tête, les sourcils froncés.

— Oui, je me souviens vaguement qu'on avait dit qu'on irait... Mais on n'a jamais parlé de ce soir. On peut y aller un autre jour. Je n'ai pas eu une...

Je l'ai interrompu pour le battre à plate couture sur son propre terrain, sans le moindre remords.

— Sois gentil... J'ai galéré tout l'après-midi... Le documentaire a du plomb dans l'aile : Zidane n'est pas sûr de pouvoir se libérer, à cause d'un contrat au Maroc... Chabat menace de se retirer du projet si Zizou fait faux bond... Une véritable catastrophe ! La seule chose qui me donnait le courage d'affronter ce désastre, au bureau, c'était de penser qu'on allait se retrouver tous les deux ce soir, dans une ambiance décontractée... en amoureux. Comme c'était prévu...

Il m'a prise dans ses bras, sans toutefois réussir à réprimer un soupir.

— C'est vraiment parce que c'est toi. Je passe sous la douche... Tu me sors une chemise propre ?

— J'aime bien la bleue, celle qu'on a achetée chez Finollo, à Gênes. Ça te va ?

— N'importe... Si elle a un col et deux manches, ça fera l'affaire.

Il s'est retourné avant d'entrer dans la salle de bains.

— Ce n'était pas ce soir. Tu ne me l'enlèveras pas de la tête. Plus j'y réfléchis, plus je suis sûr que tu te trompes.

Sans être géniale, l'adresse valait le détour. De la cuisine traditionnelle française revisitée par l'adjonction de produits exotiques, principalement japonais et coréens. J'ai pris une paupiette de sole aux crevettes, accompagnée de tempura de légumes, tandis que François se laissait tenter par une escalope de foie gras au chou frisé. Le patron, un Marseillais, avait commencé comme serveur sur les paquebots de la compagnie Paquet. Il s'était installé pendant près de dix ans à Fukuoka qu'il comparait à sa ville d'origine. François lui a fait part de sa passion pour les mangas, pour le cinéma japonais et de l'appréhension que faisait naître en lui la seule évocation d'un voyage dans l'empire du Soleil-Levant. Le patron a pris un siège pour s'asseoir en bout de table.

— Dans ce cas, allez faire un tour à Fukuoka. C'est ce que je conseille à tous ceux qui ont peur du Japon, à cause des rituels, des codes, du contrôle social : Fukuoka. Rien à voir avec Tokyo ! Là-bas, ce sont des Méridionaux, presque des Latins. On respire. Ils traversent n'importe comment, que ce soit rouge ou vert... Les piétons rebroussent chemin sans s'excuser pendant des heures auprès des gens qu'ils croisent en sens inverse ! On se frotte, on se bouscule ! Les étudiants jouent de la guitare dans les rues, ils s'interpellent sans arrêt en se lançant des vannes... Il y a même des hommes d'affaires qui arrivent en retard à leurs rendez-vous ! En plus, si on ne supporte pas l'avion, on peut y aller en train depuis Paris !

Je l'ai interrompu, trouvant qu'il en rajoutait beaucoup.

— En train ? Je croyais que le Japon était encore une île... Ils ont creusé un tunnel jusqu'en Chine ?

— Non. Il faudra attendre encore un petit moment mais ça viendra... C'est simple, depuis la gare de l'Est, vous pouvez aller attraper le Transsibérien à Moscou qui vous conduit en ligne directe jusqu'à Pékin. Il ne vous reste ensuite qu'à traverser la Mandchourie, les deux Corées, avant de prendre le ferry à Pusan pour débarquer, après quelques semaines de voyage transcontinental, à Fukuoka...

On a fait le trajet, suspendus à ses lèvres, transportés par sa cuisine. Pas un seul instant François n'a essayé de nous brancher sur les problèmes du labo. La conversation s'est privée sans dommage des mots *restructuration, plan social, licenciements, redéploiement*. La devanture du restaurant délimitait la frontière avec le monde hostile. Une soirée comme avant. Le patron n'a pas voulu nous voir partir sans nous faire découvrir le shochu, un alcool à base d'orge, fermenté avec la lie du riz, dont le goût rappelait celui de la vodka, en plus doux. À la maison, les caresses ont prolongé le bonheur de l'insouciance retrouvée, jusque tard dans la nuit.

Le shochu s'est rappelé à mon souvenir au petit matin sous la forme d'une névralgie au-dessus de l'œil droit que j'ai traitée à l'aspirine effervescente. Le temps que les molécules fassent effet, je me suis installée devant l'ordinateur, le réseau branché sur le forum du collège Gabriel-Péri, code cargo, tandis que François se retournait dans le lit en parlant une langue inconnue. Mon contributeur préféré était fidèle à son poste. Son dernier message datait de la toute fin d'après-midi.

Chers tous,
Je confirme en tout point le long (l'interminable !) post d'Edgar Bernot. Je faisais partie des centaines de jeunes d'Aubervilliers qui avaient pris fait et cause pour les Jeunesses communistes par le biais du rock revendicatif, de la mixité affichée, du refus du passage bimensuel sous la tondeuse du coiffeur ! Les concerts des Dreamers ont débuté dans les baraquements du Montfort pour essaimer ensuite dans toute la ville, dans les caves de la cité du Pont-Blanc, de la sente des Prés-Clos, au local de Crèvecœur, dans la maison des jeunes des 800, à la Villette. Le principe de la vente d'un numéro de *Nous les garçons et les filles* en guise de billet d'entrée a rendu la reprise en main par les apparatchiks assez malaisée. D'autant qu'à chaque manifestation convoquée pour protester contre la guerre du Vietnam, contre la politique gaulliste, la ville était représentée par des centaines d'adolescents aussi déterminés que dynamiques. Il leur fallait ruser pour revenir dans la course. Pour réussir à se remettre en selle, ils ont fait courir le bruit que Bernot était influencé par les maoïstes ou les anarchistes. C'était selon la vitesse du vent et l'intelligence de l'interlocuteur. Ça a égaré quelques esprits faibles, et c'était toujours ça de pris. Dans le même temps,

ils ont manipulé un quarteron de Jeunes Filles de France (en fait des vilaines qui n'avaient pas dégoté de chevalier servant), en leur demandant de maintenir un cercle totalement féminin qui est devenu l'unique interlocuteur de la direction nationale du mouvement. La municipalité, l'office HLM, les services techniques se sont mis de la partie en pianotant leur partition, dans les coulisses. Rien de politique, en apparence, dans leur décision de nous refuser l'utilisation de locaux qui ne répondaient pas aux conditions minimales d'accueil du public... Le simple rappel des règles de sécurité, notamment l'absence de sortie de secours, condamnait la majorité des salles à la fermeture. L'objectivité administrative dans toute sa froideur. Ils ont réduit la dissidence en six mois. Les effectifs ont été divisés par dix. En fin d'année, il restait moins d'une centaine d'adhérents. Dans le même temps, les ventes du journal se sont effondrées. Le délégué de la direction nationale ne cachait pas sa joie devant le spectacle de cette immense victoire ! C'est bien connu, on se renforce en s'épurant, ce qui ne vous tue pas vous renforce ! Plus tard, c'est devenu un dirigeant en vue du Parti des grands.

Ce qui a résisté, ce sont les couples qui s'étaient formés, les bandes de copains et de copines unis par leur jeunesse, leur générosité et la musique. Seul Robert Deflanques, le fils du vendeur de moutons, est passé au travers de toutes ces péripéties, en raison de l'éloignement de son domicile. S'il avait été sur place, le week-end, je suis sûr qu'il aurait été des nôtres. Le mouvement avait été tellement fort que même un gars comme Ellenec pointait son nez aux réunions (il nous le confirmera certainement dans son prochain message, si la mémoire lui revient au bout des doigts). À sa décharge, je précise que la présence de la sublime Joëlle Lahaye (n'est-ce pas, Ron Sullivan ?) l'emportait dans ses motivations sur les considérations strictement idéologiques.

Sinon, quelqu'un aurait-il des nouvelles de bons potes qui manquent toujours à l'appel ? Je veux parler de Philippe Laurisse, Paul (ou Paolo) Genovese, Ahmed Ayahoui, Dominique Vayon.

Votre toujours sensiblement dévoué Armhur Tarpin.

Dominique Vayon... Cela m'a fait un choc de lire mon nom sur la liste. Affolement des pulsations. J'ai ouvert la porte-fenêtre pour prendre l'air sur le balcon. Je suis revenue, un chewing-gum sous les dents, attirée par l'alerte sonore de la messagerie. Un autre insomniaque sondait les immensités du Net.

Bonjour,
Je viens de prendre connaissance de l'ensemble de vos échanges après avoir été dirigé de manière fortuite sur votre forum, à l'issue d'une recherche portant sur les mots « détective+privé+ alarme ». J'ai eu la surprise de constater qu'on y parlait de quelqu'un que j'ai assez bien connu.

L'un d'entre vous, Edgar Bernot, apprenait à Jean-Pierre Brainard que son ami proche Frédéric Allard, dont le nom rimait avec le sien, était devenu détective privé. Sans plus de précisions.

Je suis en mesure de le confirmer. Je pense pouvoir apporter des éléments sur le parcours de Frédéric puisque j'ai eu l'occasion de le rencontrer à plusieurs reprises, tout d'abord à Paris, quand il travaillait pour le cabinet Dranghena, puis en Seine-Saint-Denis lorsqu'il s'est mis à son compte. Je suis metteur en scène, et je comptais alors réaliser un film documentaire sur cette profession. Je voulais mettre en relation le mythe qu'elle véhicule (aussi bien dans la littérature que le cinéma) avec la réalité de son exercice dans un pays comme la France, où le système judiciaire ne lui accorde aucun espace, contrairement aux États-Unis. Le hasard des contacts m'avait fait rencontrer votre ami. Lors de nos premiers entretiens, Frédéric Allard m'a expliqué qu'il s'occupait essentiellement des recouvrements de créances pour le compte de Dranghena. Également d'enquêtes de moralité en vue de l'instruction des procédures de divorces. Il passait la majeure partie de ses journées au téléphone, à user d'identités multiples, pour retrouver l'adresse de gens qui refusaient d'honorer leurs dettes, il pistait leurs employeurs, leurs garants, détectait les ressources financières éventuelles des débiteurs. Je l'ai accompagné lors d'une tournée de finalisation. À l'époque, il maintenait sa forme physique dans un club de fitness du Pont de Stains, sur les bords du canal Saint-Denis, et sa carrure d'athlète impressionnait davantage que sa carte de visite. Le film ne s'est jamais fait, la boîte de production ayant mis la clef sous la porte après le sabordage de la Cinque, la chaîne télé de Berlusconi qui avait commandité le sujet.

J'ai repris contact avec lui, six ou sept ans plus tard. Je bossais alors à la radio, en tant que producteur indépendant. Je réalisais un sujet d'un quart d'heure chaque semaine, sur le thème des professions atypiques. C'était diffusé sur une centaine de fréquences à travers toute la France. Il m'a donné rendez-vous dans un café sinistre de La Courneuve, au bas d'un immeuble dont toutes les fenêtres étaient murées. Le tracé du tramway faisait une saignée dans les baraques et les petites usines brinquebalantes du secteur... Une atmosphère d'après-guerre, de ville bombardée.

Allard n'allait pas mieux que le quartier, à la seule différence qu'on était certain qu'il raterait la phase de réhabilitation ! Bien qu'il soit le seul client présent dans la salle, je ne l'ai pas reconnu tout de suite. C'est peu dire qu'il s'était empâté : on aurait dit qu'il était recouvert d'un manteau de graisse. Il débordait de partout. J'ai vite compris comment on arrive à un pareil résultat. Au cours des deux heures qu'a duré notre conversation, il a ingurgité six bières et vidé par deux fois le ramequin de cacahuètes salées. Après avoir entretenu sa forme, il entretenait ses formes... Je n'ai pas su exactement ce qui lui était arrivé pour qu'il se laisse glisser ainsi, qu'il se noie de l'inté-

104

rieur. On m'a confié que sa femme aurait obtenu le divorce en le faisant suivre par un de ses collègues, sans qu'il s'en aperçoive... Possible.

Il habitait un meublé, pas loin de la gare du RER. Il s'était installé à son compte, détective de banlieue... La piaule lui servait aussi de bureau pour traiter ses affaires, recevoir ses clients. Il s'était spécialisé dans deux types de dossiers. Tout d'abord, l'infiltration des équipes de gardiens de nuit, dans les entrepôts sensibles comme l'électronique. Les statistiques des assurances montrent que plus de la moitié des vols sont commis par le personnel : d'après les psychologues, la vie nocturne favoriserait le passage à l'acte.

Ensuite, la surveillance des mômes. Rien à voir avec le boulot de baby-sitter... On était à l'époque où la came tombait dru sur les cités. Une véritable tempête de neige ! Les petits caïds se voyaient pousser des ailes d'anges de la mort. Ils embauchaient à tour de bras des dealers, des convoyeurs, des guetteurs, des chiens de garde. Personne ne les contrait. Le bizness se révélait dix fois plus efficace que l'ANPE pour faire reculer le chômage. Avec du gros fric à la clef. Dans les familles, à part celles qui prélevaient leur dîme sur le trafic, c'était la panique. Les mères, les pères vivaient dans la hantise d'apprendre que leur môme avait été enrôlé par le clan du quartier, qu'il plongeait le nez dans la farine, ou pire qu'il se perforait les veines du bras à la shooteuse. Pour tout arranger, le sida est venu réclamer sa part du gâteau empoisonné... Frédéric, le détective, leur proposait une sorte d'assurance contre la mort. Il surveillait nuit et jour le gamin pour lequel les parents se faisaient du souci, vérifiait ses relations quotidiennes, ses fréquentations épisodiques, son train de vie... Une prestation facturée à hauteur de deux ou trois mois de salaire moyen qu'on pouvait payer à tempérament, avec des chèques postdatés. Quand il avait rassemblé assez de preuves contre les principaux tentacules du réseau, il balançait le morceau à ses potes du commissariat, en ayant soin de préserver l'identité du garçon pour lequel il avait été payé.

Ce jour-là, dans le café, on s'est mis d'accord pour que je revienne l'enregistrer chez lui, la semaine suivante. J'aurais dû le faire le jour même... Quand je suis arrivé devant le meublé, on entassait son lit, son armoire, ses fringues à l'arrière d'un fourgon. Frédéric Allard était décédé d'un arrêt cardiaque trois jours plus tôt. Personne ne s'était manifesté pour récupérer ce qu'il possédait. Je suis allé à son enterrement au cimetière de Pantin. On était une petite dizaine autour du trou, en comptant les fossoyeurs.

Si certains d'entre vous veulent aller lui rendre visite, sa tombe est à une centaine de mètres de celle du cinéaste Jean-Pierre Melville, l'auteur du *Doulos* et du *Samouraï*... Désolé de devoir vous apporter une aussi mauvaise nouvelle.

Cordialement.

Julien Espaire

Je suis allée reprendre dans les pièces jointes la photo du groupe, devant l'usine rémoise, celle que Denis Ternien avait légendée en indiquant les noms des personnes présentes. Frédéric Allard se tenait au deuxième rang, entre Ahmed Ayahoui et Georges Mandelberg. Un large sourire adressé au photographe, et à travers lui au monde, illuminait son visage. Comme s'il voulait signifier que l'avenir lui appartenait. Sur quels récifs ces rêves d'alors s'étaient-ils fracassés ? Je me suis libérée d'une partie de ma tristesse en remerciant Julien Espaire, sous l'identité de François, de nous avoir fait partager les derniers moments d'un camarade de classe. Puis, emportée par le mouvement, je n'ai pas su m'interdire d'écrire un message à Ternien.

Cher Denis,
Je ne sais pas si c'est pareil pour toi, mais l'annonce de la disparition d'Allard, dans des conditions aussi misérables, m'a bouleversée...

Je suis revenue en arrière pour supprimer le « e » final à « bouleversée ».

Quand je regarde le cliché où nous figurons tous ensemble, je n'ai pas le sentiment qu'il date de quarante-trois ans, qu'il me vient d'aussi loin que ça. Il me parle encore au présent. Comme si le temps s'était comprimé, compressé. Je me reconnais dans le gamin que j'étais. Tout ce que j'ai accompli depuis cette époque, bien que j'aie énormément changé, n'a pas trahi les promesses de l'enfance. L'époque multipliait pourtant les faux-semblants, les trompe-l'œil. Il m'est souvent arrivé de me fourvoyer, d'emprunter des impasses. Jamais en connaissance de cause, jamais dans le but d'effacer les traces. Par idéal, oui, par naïveté, par confiance trop vite accordée. Je le reconnais volontiers. J'ai changé, je ne me suis pas renié. Je ne porte aucun jugement moral sur le parcours de Frédéric Allard. La vie m'a épargné la douleur de me retrouver dans cette situation effroyable, de devoir gagner mon salaire en faisant suer la misère de mes contemporains. C'est le premier, Frédéric, dont il faudrait avoir le courage de rayer le visage au moyen d'une croix. Je n'ai jamais réussi à tirer un trait, ou à passer de la gouache blanche, dans mon agenda, sur les noms des personnes dont on m'annonçait la disparition. Elles figurent à leur place au milieu des vivants, jusqu'à ce que je change de carnet, souvent entre Noël et le Jour de l'An...

Cette nouvelle m'a fait réfléchir à ta proposition de la semaine passée, celle de devenir le parrain de ta fille. Tout est décidément trop fragile. Dis à ton épouse, Katarina, que j'accepte avec reconnaissance. En souvenir de l'époque où nous faisions pupitre commun.

Avec mon amitié.

François Bourdet

Au moment d'envoyer le mail, j'ai été prise de scrupules. J'ai fait glisser le curseur sur la case « supprimer ». Quand j'ai cliqué, l'ordinateur a émis un bruit de papier froissé. Puis je me suis dirigée vers la cuisine. François sortait de la douche, habillé d'un simple nuage de Vetiver. Je me suis collée contre son torse, une main entre ses cuisses.

— Tu sens bon... Tu veux quoi pour ton petit déjeuner ?

Il a immédiatement réagi à la caresse.

— Je n'ai pas le temps, Dom... Un rendez-vous urgent...

— Parce que ce rendez-vous-là, il n'est pas urgent ? J'ai l'impression que, chez toi, tout le monde ne pense pas pareil...

Il s'est laissé faire, comme d'habitude. Après notre étreinte, il s'est dégagé pour aller enfiler un slip dans la chambre, passer une chemise, un pantalon.

— Tu veux un café ?

— Je l'ai déjà pris... Je suis levé depuis un petit moment déjà. Je t'ai laissée travailler tellement ça avait l'air de te passionner. Il reste un croissant dans le micro-ondes.

Il a ouvert la porte. Je l'ai rejoint sur le palier.

— Tu te rappelles qu'on va à la Villette ce soir, pour la séance de ciné en plein air...

— J'ai l'impression que ça va être mission

impossible. Je risque d'arriver tard, pas avant neuf heures. L'intersyndicale a convoqué une assemblée générale du personnel...

Il restait un vélo disponible à la station des Boulets. Comme il faisait beau, seulement des nuages d'altitude qui ne donneraient pas d'eau, j'ai glissé ma carte d'abonnement dans la fente de la machine. À part la mauvaise humeur d'un chauffeur de taxi irrité d'être doublé par une femme à bicyclette dans une voie réservée, le trajet s'est bien passé. L'impression de ne pas se rendre au boulot, mais d'être en balade, de faire partie du monde des touristes. L'état de grâce suscité par la nouveauté du service était encore perceptible. On se souriait entre pédaleurs, on se faisait des signes de la main, on échangeait quelques mots aux feux rouges, avec le sentiment diffus d'appartenir à une confrérie.

J'ai passé toute la matinée sur les dents : un de nos gros clients, le conseil régional Nord-Pas-de-Calais, venait de voter les crédits d'un plan de cinq ans visant à l'amélioration de la santé bucco-dentaire des enfants des écoles primaires et des collèges. Il nous confiait la conception d'une campagne permanente d'information, d'animations, d'actions pédagogiques associant les enfants, les enseignants, les professions médicales, les municipalités, le tout validé par une commission ministérielle. Si l'on ne serre pas les boulons dès le départ, chacun joue de sa parcelle de pouvoir, et c'est l'échec assuré. À midi, l'accord s'est fait sur la composition d'un comité de pilotage dont nous, les créatifs, avions la maîtrise. Je ne suis restée que quelques minutes au buffet qui a suivi, le temps d'avaler quelques canapés au saumon, aux rillettes de crabe, de boire une coupe de champagne.

J'ai salué tout le monde, prétextant l'urgence d'un travail en cours pour retourner dans mon bureau, mais en vérité impatiente de me brancher sur le forum. L'équipe du voyage à Reims semblait traverser une mauvaise passe. Une nouvelle aussi plombante que celle de la disparition de Frédéric Allard m'attendait en embuscade. Elle arrivait de Nouvelle-Calédonie.

Bonjour à tous,
J'évoquais ici, il y a peu, la figure de notre professeur de français Miguel Rodriguez, condamné en 1965 pour une tentative avortée d'attentat, à Madrid, contre la statue du général Franco. L'un de ses cousins, qui ne souhaite pas s'exprimer publiquement sur le forum, m'a transmis depuis le Vénézuela où il réside les informations suivantes qu'il m'autorise à vous communiquer.

Malgré une intense campagne de solidarité, de multiples démarches du gouvernement français auprès des autorités espagnoles de l'époque, Miguel n'a pas bénéficié d'une libération anticipée. Pendant son incarcération, il a participé à de

111

nombreuses actions de prisonniers politiques pour protester contre les abominables conditions de détention : grèves de la faim, refus de soins, automutilations... Je vous passe les détails. Il comptait au nombre des trente détenus qui se sont éventrés en 1969, pour marquer les trente ans de la chute de la République. Miguel a tenté à plusieurs reprises de s'évader, ce qui lui a valu de nouvelles condamnations, des séjours en isolement total, dans des cellules de privations sensorielles. Il a enfin réussi à se faire la belle, en 1972, par un tunnel creusé durant des mois, en compagnie d'une dizaine d'autres détenus, basques pour la plupart. Trois ont été abattus par la Guardia Civil dans les minutes qui ont suivi le déclenchement de l'alerte.

Un réseau libertaire est parvenu à l'exfiltrer au Portugal, puis vers le Chili où Salvador Allende venait de remporter les élections. Il a pu retrouver à Santiago une partie de sa famille exilée depuis 1939. À peine remis de ses années de privations, il s'est engagé au service du ministère de l'Éducation du gouvernement d'Unité populaire. Il a organisé une campagne d'alphabétisation dans les bidonvilles de Santiago, en coopération avec des enseignants venus de Cuba. Le matin du 11 septembre 1973, jour du coup d'État du général Pinochet, il a voulu rejoindre le palais présidentiel, La Moneda, encerclée par les troupes d'élite, pilonnée par les blindés, bombardée par l'aviation rebelle. Il voulait se porter au secours du président. Une patrouille de putschistes a intercepté son groupe, tuant presque tous ses camarades. Blessé à la jambe, il a été conduit au stade national, parqué sans recevoir le moindre soin avec plus de dix mille autres personnes. Deux jours plus tard, des policiers sont venus le chercher pour le conduire vers un centre de torture. Sa trace se perd définitivement à cet instant.

Je salue sa mémoire au moyen de ces quelques mots :

Hasta la victoria, siempre.

Pascal Zavatero

Le clandestin du Net s'est montré à la hauteur en réagissant dans la minute.

Cher Pascal Quichotte,

J'ai beaucoup de considération pour la dimension tragique du destin de Miguel Rodriguez. Mais quand même : il est en France sous de Gaulle, il choisit d'aller en Espagne sous Franco puis il passe au Chili sous Pinochet... Quand on a un problème avec les généraux, on évite les endroits où ils se reproduisent.

Hasta luego.

Armhur Tarpin

Le mauvais goût assumé de son intervention était compensé par la haute tenue du courriel que Jean-Pierre Brainard venait d'envoyer.

Bonjour,

Dans mon précédent message, je formulais le souhait d'avoir des nouvelles de celui qui fut mon meilleur ami. Je n'imaginais pas qu'elles seraient aussi dramatiques. C'est avec beaucoup de tristesse que j'ai appris par quelles épreuves il est passé à la fin de sa vie. Je suis allé ce matin me recueillir sur sa tombe, au cimetière parisien de Pantin, dans lequel je me suis attardé. On enterrait un jeune garçon pas très loin, dans le carré juif. Je me suis arrêté pour écouter le rabbin rendre hommage au disparu en se faisant l'interprète de tous les dieux qui occupaient l'esprit des gens présents. Cet homme parlait aussi pour tous ceux qui reposaient dans cette nécropole, et c'est comme si j'avais été là pour Frédéric Allard, dans la petite cohorte qui l'a accompagné jusqu'à sa dernière demeure. Je ne voudrais pas qu'on garde de lui l'image de ce détective défait dans laquelle la misère affective l'avait projeté. Je suis bien placé pour savoir qu'on ne sait pas de quoi est faite la vie d'un homme, sinon de malentendus, d'occasions perdues. On est parfois sauvé par le hasard, dont on ignore toujours comment on l'a saisi. Un regard, une larme, une épaule... un mot...

J'ai vécu moi aussi ces quelques mois irréels où la jeunesse d'une ville faisait corps. Je me suis retrouvé dans cet enthousiasme qu'évoque Edgar Bernot, même si les luttes politiques me sont passées au-dessus de la tête. Seule comptait alors cette immense générosité qui nous animait. Nous étions solidaires d'un peuple qui se battait pour sa liberté à des milliers de kilomètres alors que nous n'avions jamais croisé un Vietnamien dans les rues d'Aubervilliers. Un soir, lors d'une réunion, nous avons écouté un « vieux », il devait avoir une trentaine d'années, qui avait été emprisonné pendant des mois pour avoir refusé de faire la guerre contre ce peuple, du temps de l'occupation française. Il s'appelait Henri Martin et habitait la cité Robespierre, dans le bâtiment situé derrière celui des parents de Frédéric... Un mutin, un taulard, un prisonnier d'honneur auquel Paul Eluard avait consacré un poème, que Picasso avait pris pour modèle...

On baignait dans ce jus, et on voulait se montrer à la hauteur de nos aînés. Si on a loupé le coche, c'est peut-être que l'Histoire n'a pas repassé les plats, qu'elle ne nous a pas offert de cause à la mesure de nos rêves.

Quand les salles de quartier ont été fermées les unes après les autres (par magouille institutionnelle, je l'apprends), que les Dreamers privés de scènes se sont exilés dans des garages de Saint-Denis, du Blanc-Mesnil, c'est le théâtre et le cinéma qui ont pris le relais du rock. Chaque année, au mois de juin, une foire commerciale s'installait dans le square Stalingrad, devant la salle des fêtes, autour du bassin, le long du gymnase. Les grandes marques exposaient leurs derniers modèles de réfrigérateurs, de machines à laver, de télés. Sonolor, Grandin, Ducretet-Thomson, Continental Edison, Frigeavia... On pouvait acheter du vin directement à des viticulteurs, du producteur au consommateur, ainsi que des produits régionaux apportés par des coopératives... La mairie s'était souvenue que Firmin Gémier, l'inventeur du Théâtre national populaire, le pionnier de la décentralisation culturelle, était natif de la ville, qu'un buste de lui, caressé par une jeune fille aux seins de pierre, trônait dans une allée du parc. En son honneur, des pièces étaient proposées au public local, en clôture de la manifestation, dans le gymnase aménagé pour l'occasion. *La Tragédie optimiste* de Vichnevsky, *Coriolan* de Shakespeare, *Charles XII* d'August Strindberg... Ça peut paraître fou, mais le public était essentiellement composé de gens du coin. On y venait en famille, en bandes de copains. Le théâtre nous appartenait ! Un îlot de lumière dans la grisaille de la banlieue... Nous, les jeunes, on vendait les billets au porte-à-porte, dans les cités... Le soir des représentations, c'est par groupes de vingt, de trente qu'on descendait du Pont-Blanc, des 800, de la Frette, de Cochennec...

Frédéric était passionné par tout ce qui touchait au spectacle. Ça venait sûrement de ses grands-parents, qui tenaient le Tourbillon, un dancing de la place Stalingrad où avaient chanté Fréhel, Damia, Édith Piaf. Ensuite, au moment de la vague yéyé, c'est devenu le Tour-Club. Vigon s'y est produit une paire de fois. Les parents d'Allard, eux, géraient des cinoches depuis toujours. L'Aviatic du Bourget, le Chabrol de Saint-Denis, le Mondial de La Courneuve... Ils ont terminé leur carrière en reprenant le Family, une salle en bout de course, près de la place de la Mairie, juste avant qu'elle ne sombre comme salle porno. Depuis, c'est devenu une banque, ce qui prouve que le pire n'est jamais sûr, qu'on peut toujours tomber plus bas... Frédéric ne loupait rien. Tout ce qui se jouait sur une scène le passionnait. Il m'a traîné voir une représentation d'une pièce de Goldoni en italien alors que ni l'un ni l'autre n'en parlions un traître mot... J'ai pourtant le souvenir d'une incroyable limpidité de l'intrigue, des situations, grâce au jeu des acteurs du Piccolo Teatro de Milan. Un autre soir, c'était un débat entre Jean-Luc Godard et Jean Renoir après la projection du *Carrosse d'or*... Plus tard, une série de rencontres avec Joseph Losey pour une rétrospective de son œuvre. Ça ne nous empêchait pas d'aller voir *L'Homme qui tua Liberty Valance*, *Le Jour le plus long* ou *Maigret voit rouge*...

Pendant toute une saison, il s'est fait embaucher à la vérification des billets, à l'entrée. Tous les potes entraient gratis. Je faisais semblant de tendre le mien, qu'il faisait semblant de prendre et de déchirer... Plusieurs fois, il est venu me chercher, à la tombée du rideau, pour aller voir les artistes, en coulisses. Claude Dauphin, et aussi Philippe Léotard et Nathalie Baye à leurs débuts, Marie-Christine Barrault, le nain Pieral... Un soir, j'ai passé une heure, assis dans un coin, silencieux, à regarder Jacques Brel se remettre d'un concert épuisant, une autre à écouter Léo Ferré s'insurger contre l'air du temps...

Alors que tout nous disait que notre avenir devait se casser le nez sur les murs des usines, là, en frôlant la chaleur des projecteurs, on a commencé à soupçonner qu'un autre monde existait, qu'il devait y avoir, quelque part, un escalier secret permettant d'y accéder.

Je ne remercierai jamais assez Frédéric d'avoir redistribué les cartes pour moi. Que ces simples mots le préservent de l'oubli.

Amitiés à tous.

Jean-Pierre Brainard

Je suis demeurée un moment devant l'écran, à laisser tourner dans ma tête tout ce que je venais de lire, à faire la gymnastique entre les diverses époques évoquées, à essayer de retenir les visages de tous ces naufragés du temps, à tenter de trouver ma place dans ce manège emballé... Lydia m'a sortie de cette torpeur en passant la tête par la porte entrouverte.

— Le maire de Villepinte a rappelé pour la troisième fois... Il est très content du projet de logo, pour sa ville. Exactement ce qu'il voulait... Il voudrait nous remercier...

— Je m'en occupe.

J'ai sélectionné son numéro sur le répertoire de mon portable. Les idées les plus simples sont toujours les meilleures. Sur mes conseils, le graphiste avait composé un rectangle à base de centaines de carrés colorés pixellisés au milieu desquels apparaissaient, en noir profond, les lettres composant le nom de Villepinte. La commune assumait ainsi son identité, d'emblée, « ville peinte », et l'inscrivait dans l'ère moderne, au moyen de l'informatique, loin de son image de cité-dortoir bâtie sur les terres à betteraves et les fermes puantes où l'on élevait en batterie, dix ans plus tôt, des millions de poulets labellisés.

Je me suis remise sur le forum dès que l'édile satisfait a raccroché.

Chers amis,

L'hommage de Jean-Pierre à Frédéric Allard m'a particulièrement touché. En le lisant, je me faisais la réflexion que si ce moment de grâce avait eu lieu, là, dans cette banlieue hérissée de cheminées d'usine, dans la puanteur des viandes équarries, dans les brouillards chimiques, dans la lueur jaune des lampes à acétylène, si cette soif d'émotions, de paroles, d'images avait pu être étanchée, si ces rencontres de gamins prolétaires et d'artistes s'étaient produites, c'était bien la preuve que cela demeure possible partout. En tout lieu, de tout temps.

Personne n'a encore évoqué (mais nous n'étions qu'une poignée à y participer) le ciné-club organisé par les époux Souchet, tous les vendredis soir, dans un coin de la salle des fêtes. Si on regarde bien la programmation du début de l'année 1964, on se dit qu'ils avaient compris, avec un

119

temps d'avance, ce qui travaillait la société. On parlait de la corruption des organisations syndicales avec *Racket dans la couture* de Robert Aldrich, de la révolte des jeunes avec *Graine de violence* de Richard Brooks rythmé par le *Rock Around the Clock* de Bill Haley and The Comets, ou encore *Cry Baby Killer* de Joe Addis, le premier rôle de Jack Nicholson. Tout est resté à l'état de théâtre d'ombres. Cela ne faisait aucun lien avec ce qu'on vivait, ça ne pouvait concerner que l'Amérique. La classe ouvrière française était naturellement à l'abri. Le dogme enseignait aux caciques communistes que seul le Parti était dépositaire de l'avenir radieux des masses. Toutes générations confondues, toutes différences abolies. C'était à nos chers dirigeants et à eux seuls d'apporter la connaissance dans les ténèbres. Tout ce qui venait se mettre en travers de cette entreprise missionnaire devait être combattu, réduit à néant. L'orchestre des Dreamers ne pesait pas grand-chose sur la balance de l'Histoire. Peanuts ! Pas plus que la longueur des cheveux, les chemises colorées, les pantalons à pattes d'ef... Pas davantage, et là on atteint au drame, que les revendications sur la contraception, la liberté des corps, l'acceptation des amours interdites. Tout en haut de la pyramide, la femme du secrétaire général, Jeannette Thorez-Vermersch, condamnait la légalisation de la pilule et de l'avortement, au nom d'une morale ouvrière aussi coercitive que la morale bourgeoise, tandis que le futur candidat à la présidence de la République,

Jacques Duclos, à l'abri de sa rondeur, martelait depuis la tribune de la Mutualité que l'homosexualité était une maladie. Que seul le socialisme parviendrait à l'éradiquer, par l'excellence des soins médicaux. Dès lors qu'un parti, qui se proclame génétiquement révolutionnaire, se défie de sa propre jeunesse, que le nouveau lui inspire une peur panique, il est voué au déclin, à la mort. Il organise sa propre disparition. Il mesure sa force à la grandeur de l'ombre portée devant lui, incapable de s'avouer que, dans son dos, le soleil est déjà au couchant. Sans en prendre conscience, au faîte de sa puissance, il entamait une longue marche, celle d'un interminable enterrement dont les faire-part ne seraient imprimés que quatre ans plus tard, en mai 1968.

Aussi curieux que cela puisse paraître, je n'ai cessé de marcher dans ce cortège, connaissant d'avance chacune des stations du calvaire. Tout simplement parce que si la barricade me paraissait dérisoire, je n'en voyais pas d'autre alentour. Aucune illusion sur l'issue. Je n'ai pas avalé de couleuvres, je suis resté solidaire des démunis, de ceux que l'on dit ne pas entendre alors qu'on les a privés de parole. Au soir du premier tour des dernières élections présidentielles, un ami africain m'a téléphoné en pleurant. Il venait d'apprendre que Marie-George Buffet n'avait pas atteint la barre des deux pour cent. Il avait tenu jusque-là, mais il craquait. Il s'était battu les armes à la main pour l'indépendance de son pays, avait connu les geôles des anciens comme des nouveaux maîtres. Il me disait :

— C'était tout ce que j'avais, c'était tout ce qui me restait... Je n'ai plus rien...

J'ai partagé ses larmes, son désarroi. Cela provoquera les rires, les sarcasmes de tous ceux qui hurlent à la mort quand les banlieues s'embrasent. Qu'ils profitent bien de leur victoire sur les pauvres, qu'ils jouissent bien du privilège qu'ils se sont offert : celui de les enjamber, enroulés dans des cartons, quand ils sortent des restos à la mode.

On pourra peut-être m'y voir un jour : la caisse vient de me retourner une nouvelle fois mon dossier de retraite. Ils s'étaient gourés de cinq trimestres. Vous avez déjà deviné : c'est bien sûr en ma défaveur !

Salut et fraternité.

Edgar Bernot

Avant de suspendre l'activité de l'ordinateur, j'ai ouvert le mail réactif d'Armhur :

Cher et estimé Edgar,

Ta sincérité me touche. C'est du miel pour les cyniques (dont je ne suis pas, hé, hé...). J'ai apprécié ce terme d'« interminable enterrement ». Remarqué aussi cette expression pour dire le désarroi des apparatchiks confrontés à une jeunesse éruptive : « peur panique ». Lacan n'aurait pas manqué de noter que tout était dit : « Peur ! Pas nique ! »

Votre obligé, Armhur Tarpin.

Le téléphone s'est mis à jouer *Shoot the Dog* alors que je grimpais les marches de la station Nation. François me prévenait que l'heure de la réunion intersyndicale venait d'être avancée. Il pensait pouvoir arriver à temps à la Villette pour voir le film de Stephen Frears, à charge pour moi de préparer le pique-nique.

— J'allais rentrer me faire un plateau télé, en célibataire ! Je suis sur la place, je m'occupe des courses...

Dès que je suis arrivée à la maison, j'ai sorti le pain de mie pour le badigeonner à l'huile d'olive, le frotter avec un oignon coupé en deux, juste pour l'arôme, avant de déposer sur chaque tranche une feuille de roquette et une d'endive, huit rondelles de saucisse sèche, quatre cerneaux de noix, une figue coupée en quatre, quelques grains de raisin. Pour terminer, j'ai donné deux tours de moulin à poivre et un seul de moulin de gros sel. Pour le dessert, j'ai tartiné de la baguette avec une pâte de beurre mou à laquelle j'avais incorporé quatre cuillerées à soupe de sucre brun, plus une de jus de citron vert. J'ai fait griller le tout sous la salamandre, le temps que le pain soit bien doré. Puis j'ai garni chaque tranche avec des dés de pêche, de prune, de fraise, saupoudré le tout avec de la muscade et de la cannelle. Ce n'est pas parce qu'on mange sur l'herbe qu'on doit se comporter comme des animaux.

Je suis arrivée suffisamment tôt à la Villette pour délimiter un espace avec nos deux duvets dépliés, face à l'écran géant dressé sur la prairie du Triangle. François a débarqué au milieu du générique de début de *Prick Up Your Ears*. Il a dû enjamber des dizaines de couples pour me rejoindre.

Quelques familles s'étaient égarées sur la pelouse, avec leurs enfants, croyant pouvoir profiter d'images tranquilles projetées dans la douceur de l'air parisien. La désagrégation des amours de Joe Orton et Kenneth Halliwell n'a pas tardé à déstabiliser les parents. Cueillis à froid, ils se sont mis à ranger le pique-nique pendant la scène de drague à trois, incapables de répondre aux questions de leur progéniture sur les figures imposées de la sexualité homo. Saucisson, cornichons, œufs durs bien à l'abri dans le panier, ils ont fui, sans pouvoir éviter que leurs silhouettes se mêlent aux corps, sur l'écran. Quelques minutes plus tard, la longue séquence de la drague en pissotière devait provoquer un nouvel exode. Le spectacle touchait à sa fin quand le tonnerre a grondé, au loin.

Nous avons décidé de rejoindre le port de l'Arsenal en péniche, profitant du dernier voyage de la navette fluviale qui partait du bassin de la Villette. Un long travelling dans la nuit. Des couples, par centaines, discutaient, s'embrassaient, s'étreignaient au bord du canal Saint-Martin, devant les façades des anciennes fabriques, aux terrasses des cafés, en attendant l'orage. Sur la passerelle métallique en dos d'âne qui surplombait l'Hôtel du Nord, des comédiens, comme chaque soir d'été, disaient les répliques d'Arletty et de Louis Jouvet... Juste avant que l'embarcation ne soit happée par la bouche d'ombre de la voûte, un musicien embusqué dans le recoin de l'ancien chemin de halage tournait la manivelle de son orgue de Barbarie.

François s'est mis à fredonner l'air, posant des mots sur les notes oubliées :

> *Redoutez, redoutez, honnêtes citadins,*
> *De Pantin à Paris, de Paris à Pantin,*
> *Ah, redoutez le canal Saint-Martin,*
> *De minuit au matin,*
> *Honnêtes citadins,*
> *Ah, redoutez le canal Saint-Martin !*

Nous avons ensuite marché, serrés l'un contre l'autre, accordant nos pas, comme des adolescents. Alors que nous tournions au coin de la rue des Boulets, les premières gouttes de pluie se sont écrasées sur l'asphalte tiédi, le criblant d'impacts aussi larges que les anciennes pièces de cinq francs. Le duvet déplié au-dessus de nos têtes, comme un nuage de plumes, nous a protégés du déluge. François n'avait pas envie de dormir et il s'est affalé sur le canapé. En pianotant sur les touches de la télécommande, il est tombé sur une rediffusion câblée d'un autre film de Stephen Frears, *My Beautiful Laundrette*.

Je l'ai laissé seul devant l'écran, avec l'excuse de l'avoir déjà vu trois ou quatre fois. Je me suis installée devant l'autre écran, dans le dressing. Le courrier d'une femme, la première à intervenir, m'attendait sur le forum.

Chers amis,

Je prends la liberté de vous écrire tout en étant partagée dans mes sentiments à l'égard de ce blog. Flattée tout d'abord que vous soyez aussi nombreux à vous souvenir de moi. Irritée, ensuite, en constatant que le fait d'évoquer mon nom ne serve le plus souvent qu'à tenter d'atteindre mon mari, par ricochet. Je ne sais pas qui se dissimule derrière le pseudonyme d'Armhur Tarpin, mais son insistance pleine de sous-entendus à réclamer des explications m'apparaît très suspecte. Je ne cesse de sonder mes souvenirs de cette époque lointaine pour retrouver une séquence au cours de laquelle j'aurais été assez injuste avec quelqu'un pour que la blessure ne soit pas cicatrisée, aujourd'hui encore. Quelques ruptures remontent à la surface, mais aucune trahison. Rien qui puisse égaler l'inélégance, en tout cas, de ce courrier de Georges Mandelberg où il raconte notre rencontre au pied du moulin de Don Quichotte, lors de la cavalcade de l'école laïque. Il joue du procédé bien connu des points de suspension pour laisser supposer que notre baiser, alors que sur scène Sancho Pança ne trouvait plus ses mots, aurait été suivi d'un épisode... « horizontal ». On dirait qu'il est encore en pleine crise d'adolescence et qu'il a besoin de se rassurer sur sa virilité.

Désolée de dissiper le fantasme : il n'en a rien été. L'état de confinement des genres alors en vigueur, garçons d'un côté, filles de l'autre, était propice aux divagations de l'esprit. Tout est beaucoup plus simple. J'étais déjà, à ce moment, très éprise de Christian Ellenec, qui ne semblait pas me prêter la moindre attention, et avec les pauvres moyens à ma disposition j'ai utilisé ce baiser pour le provoquer. Je l'accordais à Georges, en apparence, alors que Christian en était le véritable destinataire. Du banalement classique.

Si par hasard le spectacle des yéyés ringards des Légendes de la variété rock passe dans notre région, nous ne manquerons pas de nous placer au premier rang, pendant le tour de chant de Ron Sullivan, enlacés, histoire de lui rappeler le bon temps.

Amitiés à tous.

Joëlle Lahaye-Ellenec

PS à l'intention d'Armhur Tarpin : j'étais fiancée avec Christian en 1968, et ta question sur ce qu'il faisait alors avec sa matraque (lui et non son père) m'amuse énormément.

L'orage qui tournait autour de Paris semblait s'être rapproché du centre en déchirant le ciel d'où naissait une luminosité bleue pratiquement permanente. Je me suis levée pour tirer les rideaux. Quand j'ai repris ma place, un nouveau courriel s'était frayé un chemin au milieu des éclairs.

Bonsoir à tous,
Je viens de lire, dans la continuité, toutes les contributions postées sur ce forum. C'est assez curieux. L'impression de m'être placé devant un miroir me renvoyant une part de ma propre histoire.
L'un d'entre vous était à la recherche de nouvelles de Philippe Laurisse, qui a joué au poste d'avant-centre dans l'équipe du CMA avant d'être recruté par l'Association sportive des PTT. Le stade se trouve toujours pas très loin de la cité des 800, de l'autre côté de l'avenue. J'ai gardé le contact un bon moment avec lui. Après le collège, nous avons été dirigés vers la même filière au lycée technique Le Corbusier. Trois années de comptabilité-secrétariat. Ensuite, je sais qu'il a travaillé un moment chez Gravereau, la banque des abattoirs. On se téléphonait, on mangeait ensemble deux ou trois fois par an. Puis je me suis marié, et je l'ai perdu de vue.

Je suis tombé sur lui, à l'improviste, il y a six mois environ près de l'église Saint-Merri, à Paris, alors que j'achetais des DVD de westerns chez un soldeur. Je l'ai reconnu immédiatement à ses yeux pers, à ce regard si particulier qui nous troublait tous, filles et garçons, les jeunes comme les adultes. C'est tout ce qui survivait dans le naufrage. Cheveux huileux agglutinés, barbe hirsute, chairs relâchées, vêtements raidis par la saleté, chiffons noués en lieu et place de chaussures... Je venais de régler un coffret de Monte Hellman, *The Shooting* et *L'Ouragan de la vengeance*, avec en bonus une interview de Jack Nicholson, lorsqu'il s'est posé devant moi, la main tendue. Je suis resté figé. Je pense que lui ne m'a pas reconnu. Le vendeur a cru qu'il m'importunait. Je l'ai retenu quand il a voulu le chasser, mais je ne me suis pas entendu dire : « Laissez, c'est un ami... » J'ai fait semblant de rien, je lui ai donné ma monnaie, quelques euros... Pas pour m'en débarrasser ou par indifférence. Non... J'étais totalement désemparé. Dans ces cas-là, une voix vous dit que ce type ne vit pas sur une planète différente de la vôtre, que cela a tenu à pas grand-chose que les rôles soient inversés. La vie n'est pas avare des pièges où se perd la raison. Un divorce, la disparition d'un proche, la perte d'un boulot...

Je l'ai observé aller de groupe en groupe, en traînant les pieds, en se grattant, s'arrêter pour acheter une cannette de bière, se soulager sous un porche... Je n'arrivais pas à l'aborder, à le quitter, pas plus que je n'avais la force de repartir vers mes occupations. À la nuit tombée, il s'est dirigé vers une petite rue du quartier piétonnier, à trois cents mètres du musée Georges-Pompidou. Il s'est approché d'une sorte de boîte d'un mètre de long, de cinquante centimètres de large, à peu près autant en hauteur. Cela ressemblait à un de ces équipements de voirie que les cantonniers utilisent pour entreposer du matériel, disposer d'une réserve de sel, l'hiver. Et aussi à un cercueil. Il a fait basculer le panneau latéral et s'est contorsionné pour prendre place dans le réduit, avant de refermer le battant sur lui. Le vendeur de sandwiches qui fait le coin du boulevard m'a dit qu'il le connaissait de tout temps, qu'il « habitait » là depuis une dizaine d'années, au moins. D'après lui, Philippe aurait fait de la prison pour des histoires d'attouchements, d'exhibitionnisme. C'est ce qui se raconte dans le secteur. Les flics du quartier le contrôlent de loin en loin.

Je me dis que le temps aurait dû s'arrêter, pour Philippe, au moment où la photo de Reims a été prise. On formait alors un petit clan, lui, moi, Georges Mandelberg et Ahmed Ayahoui. Nous avions scellé une sorte de pacte d'adolescents, une nuit du printemps 1964, en allant peindre au minium la panthère de bronze qui occupait le centre de la pelouse de la cité du Pont-Blanc, sous les fenêtres du maire. On avait préparé l'action dans le plus grand secret, lors de réunions éclairées à la bougie, au fond d'une cave, puis on était passés à l'action en profitant d'une nuit sans lune. Le lendemain matin, le quartier était en révolution. Des dizaines de personnes s'étaient rassemblées devant la sculpture, à l'arrière de la tour, pour condamner l'outrage. À écouter les commentaires, l'affront fait à l'animal était comparable à l'attentat commis par l'OAS, deux ans plus tôt, à la fin de la guerre d'Algérie. Le commissaire de police avait fait procéder à une enquête de voisinage, ce qui ne nous avait pas empêchés de repasser une deuxième couche, verte cette fois, un mois plus tard.

Aux beaux jours, on avait quitté la cave pour transférer notre quartier général à quelques centaines de mètres de là, sur le toit en terrasse de la cité de la Frette. Philippe avait fait sauter le cadenas de la trappe d'accès des pompiers, tout en haut de l'escalier, au quinzième étage. On se faisait la courte échelle, et on s'installait pour passer la nuit sous les étoiles, quand il faisait doux. Georges Mandelberg prenait sa guitare pour jouer en sourdine les airs des Beatles, de Manfred Mann, de Sam Cooke, un chanteur de *soul* mort assassiné auquel il vouait un véritable culte. On buvait de la bière, on fumait des Camel, on regardait les avions qui se posaient sur la piste du Bourget. Ça durait depuis deux semaines, ce rapprochement d'avec les étoiles, quand un matin, vers deux heures, une dizaine de types en pyjama, d'autres en maillot de corps, ont fait irruption par la trappe, gueulant qu'ils en avaient marre du bordel, qu'on les empêchait de dormir, qu'ils bossaient, eux, qu'on n'était que des branleurs... Ils ont failli nous encercler, mais Philippe est parvenu à passer au travers des mailles du filet, il a filé à l'autre extrémité de la terrasse, en courant à dix centimètres du vide. Il savait qu'il existait une deuxième issue de secours dont il a fait sauter la serrure à coups de talon. On s'est jetés dans l'ouverture les uns après les autres, puis on a dévalé les escaliers. Georges y a laissé le manche de sa guitare...

Le dernier exploit de notre petite bande a été de défoncer, à l'aide d'un pavé, le pare-brise de la voiture neuve d'un de ses voisins, « le Boche », un surnom dont le quartier l'avait affublé parce qu'il avait un nom allemand. Philippe s'est acharné sur la bagnole en rayant les portières avec la pointe d'un tournevis. Une Simca 1300 dernier modèle, le genre d'engin que personne ne pouvait se payer. C'est Philippe qui nous avait poussés à monter ce coup, sans nous dire pourquoi il en voulait à ce type... Pour tout dire, j'avais effacé cet « exploit » de ma mémoire. Il est remonté à la surface après la conversation avec le patron de la sandwicherie, cette histoire d'attouchements qu'on lui reprochait, et comme en écho m'est également revenue une confidence de Philippe, là-haut, au plus près des étoiles. Il me racontait que ses parents le confiaient, le soir, à ce voisin de toute confiance qui l'aidait à faire ses devoirs... Et plus, même s'il n'y avait pas affinités, surtout s'il n'y avait pas affinités...

Voilà pourquoi, quand je passe à Paris, il m'arrive de faire un détour par le secteur piétonnier de Beaubourg, près d'une boîte de voirie à laquelle personne ne prête attention pour donner quelques pièces à un fantôme...

Amitiés à tous.

Paul Genovese

J'ai cliqué sur la photo du voyage champenois. Je suis restée plusieurs minutes à sonder le regard de Philippe Laurisse sans pouvoir me défaire de l'idée que l'ombre du malheur était passée dans son esprit pendant la fraction de seconde qu'avait duré la prise de vue, que les dés du destin, pour lui, s'étaient déjà immobilisés.

Le signal d'arrivée d'un nouveau mail a interrompu ma contemplation.

Bonsoir à tous les internautes insomniaques,

Il n'y a pas loin d'un an, *Le Journal du Dimanche* consacrait une page complète à des portraits de clochards parisiens. C'était au moment où Les Enfants de Don Quichotte avaient dressé un village de tentes le long du canal Saint-Martin, pour rendre évident ce qui était devenu invisible. Le visage de l'un d'entre eux avait éveillé des souvenirs en moi sans que je parvienne à en déterminer l'origine. J'étais longuement resté à interroger ses traits.

La lettre électronique de Paul Genovese dissipe ce trouble. Je suis maintenant sûr que c'était lui.

Je ne sais si le fait que notre ami Philippe Laurisse se soit laissé emporter vers le fond par le poids de la vie tient à ce qu'il a subi, enfant, à cause de ce voisin... C'est probable. Casser un pare-brise n'a pas suffi à tuer le malaise.

Quand on suit un peu l'actualité, on est frappé par ce fait qu'on devient plus facilement tortionnaire de ses propres enfants si on a été soi-même victime de la violence de ses parents... Il y a là comme un feu générationnel. On reproduit, on se punit de son malheur en provoquant le malheur des siens. Ou on se met hors circuit, on devient un épouvantail, un repoussoir, comme Philippe.

Jean-Pierre Brainard

Le tonnerre s'éloignait, laissant derrière lui une atmosphère rafraîchie, apaisée. La fatigue soudain s'est fait sentir. Je me suis étirée en bâillant. Une réaction m'a retenue devant l'écran, alors que je m'apprêtais à aller me coucher.

Amis non encore endormis,

Il n'y a pas que Philippe à avoir bénéficié des honneurs de la presse. À moins que nous n'ayons affaire à un homonyme, Jean-Pierre Brainard, notre philosophe, a eu son heure de gloire comme en témoigne cet éditorial paru dans *France Soir* en avril 1984 sous le titre « Trop c'est trop ! ». Éloignez les enfants et les âmes sensibles, c'est du brutal !

« Les gangs font à nouveau la loi à Paris. Le 10 mars, une attaque à main armée chez un ancien général vietnamien, à Chennevières, rapportait à ses auteurs, qui courent toujours, le butin colossal de 97 millions de francs. Huit jours plus tard, c'est 34 millions qu'on rafle aux comptables d'une entreprise métallurgique de Courbevoie. Le lendemain, un payeur des allocations familiales se fait délester de sa sacoche à Saint-Ouen : 2 millions en petites coupures ! Pour couronner le tout, voici maintenant le hold-up de la rue Royale, commis en plein jour à deux pas du restaurant célèbre où déjeunait, au même moment, le président de la République ! Dans un genre moins spectaculaire, les voleurs de bijoux ne sont pas en reste. Rien que pour ce dernier trimestre, on peut estimer que près de 100 millions ont été volés à des particuliers fortunés : en janvier, c'est une fausse domestique qui dérobe pour 6 millions de pierres, le jour de son embauche par un industriel de l'avenue Henri-Martin. La semaine suivante, un faux maître d'hôtel subtilise un coffret renfermant la rivière de diamants de la célèbre chroniqueuse américaine Dorothy Maxwell au cours d'un dîner auquel assistait... le préfet de police ! Ce qui a conduit à son audition, en tant que témoin. En février, on appréhende dans le train Paris-Vintimille un escroc italien, Alessandro Broggia, qui, promettant le mariage à une comtesse hongroise, l'avait délestée de 40 millions de pierreries. Arrestation également de J.-P. Brainard, l'auteur de la géniale escroquerie dite de "la Perle d'Amsterdam" qui avait défrayé la chronique, il y a deux ans. En mars, c'est au tour du président de la Cour de cassation, M. Croizac, d'être victime, dans une station-service de l'autoroute du Sud, du vol des 12 millions de bijoux qu'il transportait dans son auto.

Les citoyens attendent de leur police une riposte énergique, une contre-attaque immédiate, dévastatrice. Il y a dans les bars interlopes, que les malfaiteurs ne peuvent s'empêcher de fréquenter, et que l'on connaît, des rafles nécessaires à effectuer, il faut que s'organise une reprise en main de tout le service de renseignement de la Police judiciaire. Bref, c'est l'appareil policier dans toute sa puissance qu'il faut faire jouer à plein et au plus tôt. Il importe que le préfet, que le gouvernement se rendent compte de ce que les administrés attendent d'eux. En la matière : décision et détermination. Ils ne comprendraient pas que les premiers résultats de cette action nécessaire se fassent attendre. »

C'est joli, « la Perle d'Amsterdam »... Cela sonne comme un titre de roman, et le journaliste précise que Jean-Pierre Brainard en serait « l'auteur ». Suis-je le seul à vouloir en savoir davantage ?

Que le sommeil vous gagne enfin.

Armhur Tarpin

Quand je me suis couchée, François venait juste d'éteindre son téléphone BlackBerry. Je me suis blottie contre lui, ma main sur sa poitrine.

— Tu as reçu un appel ?

— Non, je regardais les messages sms de la soirée...

— Rien de nouveau ?

Le silence s'est installé un long moment, puis il a fini par me dire ce qui le tracassait.

— Je ne voulais pas t'embêter avec ça... Sauf que je ne sais vraiment pas comment m'en sortir...

— Toujours le laboratoire ?

— Toujours... Qu'est-ce que tu veux que ce soit d'autre ? J'ai déjeuné avec Mangin, le directeur des ressources humaines. Je sentais venir quelque chose. Il m'a fait des propositions.

Ma main a glissé sur son ventre.

— Quel genre ? Il t'a dragué ?

Il a stoppé ma progression.

— Tu ne penses vraiment qu'à ça... Tu es encore plus obsédée que moi. Non, il m'a fait comprendre que je pouvais sauver mon poste si je savais me montrer compréhensif...

— Il t'a demandé de te montrer « compréhensif » ! C'est bien ce que je te dis, c'est des avances, ou je ne m'y connais pas...

Il a emprisonné mes doigts aventureux dans sa paume.

— Sois sérieuse ne serait-ce qu'une minute...
Le deal est simple : je dresse la liste des emplois
les moins utiles du labo, puis l'état de ceux qui
peuvent être regroupés, pour qu'ils puissent écré-
mer en toute tranquillité, et on me donne l'assurance que je survis au prochain plan social...

— Qu'est-ce que tu lui as répondu ?

— Rien, j'ai dit que j'allais y réfléchir...

— Et qu'est-ce que tu t'es dit, à toi ?

— Rien non plus... que j'allais t'en parler... Si
je me fais virer, à trois ans de la retraite, c'est
fini, je ne retrouverai plus jamais rien. Tu comprends ? On ne pourra plus vivre comme on
vit... Rien que l'appart, c'est la moitié de mon
salaire...

J'ai pris appui sur un coude pour l'embrasser
sur la joue.

— Bien sûr, François. Ce que je comprends
aussi, c'est que si tu acceptes de faire la balance,
ce sera dix fois pire. Quand tu auras participé au
sale boulot, ils n'auront plus besoin de tenir leur
promesse. Ton DRH, ton Mangin, il te liquidera
comme une merde, une sous-merde, en tirant la
chasse, trois mois, six mois plus tard. Tu auras
beau lancer des signaux de détresse, il n'y aura
plus personne pour te venir en aide. Tu auras
perdu ton boulot et l'affection du type qui te
regarde chaque matin dans le miroir, quand tu
te rases... Ils ne peuvent pas t'obliger à te renier.
Sinon, on devient comme...

Je me suis arrêtée à temps pour ne pas prononcer le nom de Philippe Laurisse. François s'est tourné vers moi.

— Comme qui ?

— Rien, je ne sais plus ce que je voulais dire... Je suis sûre que tu retrouveras quelque chose... Et si tu gagnes moins, c'est simple, on déménagera, on changera de quartier, on prendra plus petit... Ce n'est pas la mort !

Il s'est laissé aller contre moi. Ses larmes coulaient dans mon cou tandis que ses lèvres balbutiaient :

— Je t'aime...

Puis il a libéré ma main.

J'avais pris ma matinée pour passer mon examen de contrôle annuel à l'Hôpital américain, à dix heures. Dès le départ de François, décidé à refuser les arrangements suggérés par Mangin, je me suis mise devant l'écran. Jean-Pierre Brainard n'avait pas mis longtemps à réagir à sa mise en cause dans l'affaire des pierres précieuses puisque son post avait été mis en ligne à trois heures du matin.

Cher Armhur Tarpin,
J'ai en effet été appréhendé par la police en avril 1984 comme le rapporte ce fleuron du journalisme qu'est *France Soir* (ou « était », on ne le voit plus trop dans les kiosques). Il faut toujours

se méfier des mots imprimés en colonnes. Ils n'ont que l'apparence de l'ordre. Pour un lecteur lambda, « appréhendé » est un synonyme de « coupable », alors que ce n'est pas un terme juridique. Au lieu de s'en tenir à ce fragment d'information, il aurait été plus intéressant de pousser plus loin l'investigation. Tu aurais ainsi appris que dans cette affaire de pierre, dite de « la Perle d'Amsterdam », j'ai bénéficié d'un non-lieu en février 1985 : l'État a même été condamné à me verser des indemnités pour les six mois que j'ai passés en préventive. Sans rancune.

Jean-Pierre Brainard

J'étais à deux doigts de quitter l'appartement lorsque les poursuites engagées contre Brainard ont reçu un début d'explication.

Chers amis,

Je tiens tout d'abord à vous dire que je n'ai aucunement sollicité l'intervention de mon épouse. Elle l'a décidé seule. J'étais d'avis de ne pas répondre aux multiples provocations de celui qui se dissimule sous le pseudonyme d'Armhur Tarpin. Le courrier de Joëlle a eu le mérite de clarifier la situation. Mais d'une certaine manière il me place dans la position de devoir répondre aux questions formulées : que faisais-je donc en mai 1968 ? Sous-entendu : serais-je devenu par atavisme, moi le fils de gendarme, un auxiliaire des forces de répression ? La réponse risque de décevoir les adeptes du déterminisme, bien que mon parcours s'inscrive dans une logique décrite mille fois.

Je me suis tout bonnement opposé à l'autorité paternelle. J'ai traversé l'Europe en stop, les cheveux au vent... J'ai réussi à me faire réformer, pour déficience mentale. Pendant plusieurs mois, j'ai milité dans les rangs de la Gauche prolétarienne, eh oui, chez les maoïstes, participé à quelques actions marquantes comme le sac des établissements Fauchon quand on jouait aux Robin des Bois et qu'on distribuait du foie gras aux nécessiteux. J'étais à Palente, dans le Doubs, pour soutenir les Lip, quand le ciel était lourd de gaz lacrymogènes, qu'il pleuvait des larmes... J'ai vendu le premier numéro de *Libération* dans les rues de Paris, le 22 mai 1973... J'étais présent, rue Émile-Zola à Boulogne-Billancourt, lorsque Pierre Overney a été assassiné par un vigile de chez Renault. Tout n'était donc pas écrit. La réalité, tout ce qu'on vit ébranle sans cesse le socle des certitudes.

Aujourd'hui, je ne suis plus ce révolté, celui qui se dressait contre l'ordre établi par sa famille, mais cela ne veut pas dire non plus que je l'ai rejointe. Chacun fait un bout de chemin, à l'aveugle.

La méthode suspicieuse de cet Armhur rouillé vient d'être dynamitée, s'il en était encore besoin, par le message de Brainard. Le monde étant décidément petit, minuscule même, j'étais au courant de l'histoire de « la Perle d'Amsterdam » puisque le service de mon père (la section de recherches) s'est occupé de cette affaire. Les choses se sont déroulées de la manière suivante. Le principal intéressé pourra le confirmer.

En janvier 1983, Brainard s'est présenté chez un joaillier de la place Vendôme en compagnie d'un riche homme d'affaires texan. Ce dernier souhaite acquérir une pierre d'exception pour sa jeune femme. Il regarde toute la collection et tombe en extase devant une pièce de 15 carats, en forme de poire, d'un orient assez rare. Il l'achète pour huit millions de francs, sans discuter le prix, dont il s'acquitte au moyen d'un chèque. Le commerçant, par prudence, obtient que le papier soit immédiatement présenté à sa banque. Le comptable revient deux heures plus tard en confirmant qu'il n'y a aucun problème, que le compte est bien approvisionné. L'affaire est définitivement conclue.

Six mois plus tard, Brainard pousse à nouveau la porte de l'heureux joaillier de la place Vendôme. Il explique que l'épouse du riche Texan ne rêve que d'une chose : trouver une pièce exactement semblable à la première afin de les faire monter en pendants d'oreilles. Le commerçant est désolé. Il lui assure qu'il est pratiquement impossible de réunir deux pierres de cette eau, et que si le miracle se produisait, ce dont il doute fortement, le prix ne serait plus de huit millions mais qu'il pourrait grimper jusqu'au double. Brainard lui répond qu'il dispose d'un délai de quelques semaines, assorti d'un crédit illimité. Aussitôt, le joaillier alerte toutes les places, Amsterdam, Londres, Zurich, New York. Les courtiers se mettent en chasse.

Huit jours plus tard, un de ses correspondants d'Amsterdam l'informe qu'on lui a proposé une pierre qui pourrait correspondre à la demande. Si elle est un peu plus petite que la première, elle possède la même exceptionnelle qualité de reflet nacré. Le vendeur en exige quatorze millions. Une voiture rapide apporte le joyau à Paris et Brainard, après l'avoir minutieusement examiné, téléphone depuis la boutique à son donneur d'ordres, aux États-Unis. Le riche Texan annonce qu'il veut la « perle » et qu'il affrète un jet privé dès le lendemain, pour venir en prendre possession en compagnie de son épouse. Le joaillier acquiert donc la deuxième perle, sur son compte, et la place dans son coffre dans l'attente de l'ultime tractation.

Le problème, c'est qu'elle ne viendra jamais. Affolé, il téléphone aux numéros qu'on lui a laissés. Personne n'est descendu dans cet hôtel, aucune trace d'un jet privé en provenance du Texas... Il ne reverra personne, ni Brainard, ni le Texan et encore moins la jeune épouse !

Il lui faudra quelques jours pour réaliser que cette deuxième pièce, qu'il a achetée quatorze millions pour un client fantôme, n'est pas une sœur jumelle de la première, mais que c'est tout simplement la première, légèrement retaillée, qu'un complice est allé proposer à Amsterdam au moment précis où toute la profession se mettait en chasse... Il a racheté sa propre pierre pour près du double de ce qu'elle valait ! Bénéfice net pour le clan Brainard, six millions. Presque un million d'euros.

Suite à la plainte des courtiers, tout le monde a été arrêté, en avril 1984, avant que des juristes n'étudient l'affaire et ne rendent leurs conclusions. Aussi incroyable que ça puisse paraître, aucun délit n'avait été commis, les escrocs s'étant contentés de faire jouer la règle de l'offre et de la demande en misant, pour décupler leurs gains, sur la cupidité et la crédulité de leurs partenaires. L'État a donc dû dédommager Brainard des tracasseries dont il avait été l'objet.

Sinon, je voudrais formuler ici une hypothèse quant à l'identité d'Armhur Tarpin dont les provocations ont au moins l'avantage de nous pousser dans nos retranchements. Ses connaissances sur cette époque, sur les détails de nos relations, montrent assez qu'il était parmi nous. Pratiquement tous les camarades de classe figurant sur la photo prise devant les bureaux des usines Arthur Martin se sont exprimés. Georges Mandelberg le rocker, le distingué Robert Deflanques qui rendait hommage à notre prof de dessin Pheulpin, Pascal « Quichotte » Zavatero, le toujours stalinien et fier de l'être Roland Berthier, son ennemi intime Edgar Bernot, le chimiste François Bourdet, Denis Ternien qui est à l'origine de toutes ces rencontres épistolaires, Paul Genovese qui nous a appris la déchéance de Philippe Laurisse, et bien sûr Jean-Pierre Brainard par lequel nous savons la mort du détective privé Frédéric Allard. Si l'on admet qu'aucun de ceux-là ne s'amuse à se dédoubler, il ne reste qu'une personne présente sur le cliché à ne pas s'être manifestée, Ahmed Ayahoui, dont le père, je crois, avait été assassiné dans les années 1960. Quelqu'un a-t-il reçu des nouvelles de lui au cours de ces dernières années ? Mieux, peut-il se mettre directement en contact avec nous pour lever toute ambiguïté ?

Bonne journée à tous.

Christian Ellenec

Le temps ne se remettait pas des bouleversements de la nuit. Un ciel de traîne décourageait, justement, de traîner dans les rues. J'ai pris un taxi pour aller à l'hôpital, un autre pour le retour. Pas d'alerte à l'issue des examens. Tout se passait pour le mieux, mon corps continuait à bien réagir aux traitements. J'aurais pu rejoindre directement le bureau, mais je suis revenue à la maison, pour prendre une douche, me débarrasser de l'odeur de médicaments, de souffrance. Même les cliniques de luxe puent la misère humaine.

L'appel lancé par Ellenec n'avait suscité aucune réaction. Seul un inconnu était intervenu pour apporter des précisions sur les suites de l'histoire dite de « la Perle d'Amsterdam ».

Messieurs,

J'ai passé une partie de ma vie dans le quartier de la Maladrerie, à Aubervilliers. Aujourd'hui, c'est une cité sans fin, de l'architecture expérimentale,

145

tout en arêtes de béton. À l'époque, c'était une sorte de zone faite de petites rues pavées, des cloaques bordés de maisons hétéroclites, au mieux des pavillons construits avec les résidus des destructions des faubourgs parisiens, au pire des cahutes en planches recouvertes de feuilles goudronnées. Une bonne partie des habitants exerçait la profession de chiffonniers. Les autres, le plus souvent des immigrés, travaillaient dans les usines métallurgiques, les enfers chimiques de La Plaine-Saint-Denis, sur les chaînes automobiles de Levallois ou les chantiers des grands ensembles. La famille Genovese (les parents de Paul qui raconte dans son message la terrible destinée de son ami Laurisse) possédait un hangar où s'entassaient le cuivre, le zinc, le bronze, en tas distincts. Gamins, on allait fouiller dans les enchevêtrements à la recherche d'un cadre, d'une roue, d'un guidon, d'une dynamo. Il fallait des mois pour arriver à se fabriquer un vélo... On venait leur vendre la ferraille piquée sur les chantiers, les bouteilles en verre collectées dans le quartier. Tout a été rasé au début des années soixante-dix pour laisser place à la cité labyrinthique dont je parlais au début. Une sorte de jeu de construction, proliférant, doté de jardins suspendus, de terrasses. Une tentative de renouvellement de la cage à lapins. À base de cellules en triangle au lieu du carré réglementaire. Au bas des immeubles, l'architecte a aménagé des ateliers d'artistes. Une sorte d'utopie devait s'enraciner là : des peintres, des sculpteurs, des graphistes, des photographes allaient vivre au cœur de la cité ouvrière. Leur œuvre serait imprégnée du frottement avec le monde du travail, tout autant que l'existence des travailleurs serait traversée par leurs fulgurances, leurs interrogations !

C'est un peu ce qui s'est passé pour moi. Après des études techniques et un diplôme de dessinateur industriel, je me suis essayé à la peinture. J'ai fait quelques expositions, vendu une petite dizaine de toiles, obtenu une bourse, reçu les encouragements de gens qui comptaient comme Louis Cordesse, Jean-Pascal Léger, Raoul-Jean Moulin... Mon dossier a été retenu à l'Office HLM, et je me suis installé dans un de ces ateliers. Très rapidement, mon activité professionnelle m'est devenue insupportable. Je n'arrivais plus à aller bosser. Je ne vivais plus que pour le face-à-face quotidien avec la toile. Je me suis fait licencier, j'ai vécu deux ans avec les Assedic, privilégiant l'achat de couleurs, de pinceaux, de cadres, planquant les quittances de loyer impayées, les factures en souffrance, dans le tiroir de la commode... Jusqu'au jour où un type est entré dans l'atelier, au cours de l'opération « portes ouvertes sur l'art » qu'on organisait à la fin mars, pour l'arrivée du printemps. Il est resté plusieurs minutes devant chaque tableau, s'est approché de moi pour me dire qu'il appréciait mon travail et m'annoncer qu'il achetait trois toiles. Je n'ai même pas eu à négocier, je me suis retrouvé avec une liasse de billets de cinq cents francs dans les mains. Une fortune ! J'avais de quoi payer les dettes et voir venir... À ce prix-là, il aurait pu emporter tout ce que contenait l'atelier !

J'ai su par la suite qu'il avait fait la même chose pour deux potes particulièrement dans la mouise, un sculpteur et un peintre belge... Notre mécène, vous l'avez deviné, c'était Jean-Pierre Brainard, qui flambait avec une partie de la commission ramassée sur la vente de la Perle d'Amsterdam. C'est ainsi que j'ai pu passer un cap difficile et continuer à me consacrer à mon art. Qu'il en soit éternellement remercié.

Cordialement.

Michel Lazano

Invariablement, les examens de santé approfondis me coupaient l'appétit. Je me suis contentée, au déjeuner, des quelques bricoles qui restaient dans le frigo après la confection du pique-nique de la veille.

Tout l'après-midi, au bureau, j'ai reçu la sélection de jeunes graphistes effectuée chaque trimestre par Lydia. Moitié de talents qu'elle repérait dans les écoles, moitié de candidatures spontanées. La méthode avait du bon. Plusieurs de ceux à qui nous avions donné une chance s'étaient rapidement distingués, deux étaient même devenus des stars parisiennes de la pub qui se vendaient maintenant au plus offrant. Cette fois, les press-books se sont montrés assez décevants. Je n'en ai retenu qu'un. En fin de journée, j'ai validé les textes d'une exposition municipale de prestige, *La Parisienne au cinéma*, prévue pour être inaugurée à la rentrée dans les salons de l'Hôtel de Ville, avant d'être présentée dans toutes les mairies d'arrondissement. Depuis l'*Escamotage d'une dame chez Robert Houdin* de Georges Méliès jusqu'à Rebecca Romijn-Stamos, la *Femme fatale* de Brian De Palma, en passant par Françoise Arnoul, héroïne du *French Cancan* de Jean Renoir.

François m'attendait dans le hall pour m'accompagner dans une balade professionnelle. L'exposition devait en effet se conclure par des agrandissements géants de photos des derniers tournages parisiens en cours. L'un de nos photographes, qui couvrait les prises de vue de *Faubourg 36* de Christophe Barratier, le metteur en scène des *Choristes*, m'avait proposé de le suivre pendant ses repérages. Nous avons pris le métro, tous les trois, jusqu'à la station Abbesses puis nous avons retrouvé l'équipe du film dans une rue qui butait sur un escalier très étroit encadré par des maisons décorées de drapeaux, de guirlandes tricolores, aux façades éclairées par des lampions. Un air ancien, joué à l'accordéon, flottait dans l'air.

> *C'est un mauvais garçon, il a des façons*
> *Pas très catholiques, on a peur de lui*
> *Quand on le rencontre la nuit...*

C'est un méchant p'tit gars qui fait du dégât
Sitôt qu'il s'explique...

Moteur ! Action... Au commandement, un homme en manteau de cuir, une casquette vissée sur le crâne, une moue à la Gabin accrochée aux lèvres, s'est mis à monter rapidement les marches pour venir à la rencontre d'un compagnon rondouillard qui l'attendait appuyé contre la rambarde. En regardant l'écran de contrôle, le gros plan progressif effectué par le cadreur m'a permis de reconnaître Clovis Cornillac et Gérard Jugnot. À une dizaine de mètres, Kad Merad, le visage barré d'une moustache, engoncé dans une veste à carreaux, répétait le texte de sa prochaine scène.

Après trois prises successives, nous avons trinqué, bu un verre de vin et mangé de la charcuterie italienne à la cantine installée par la production dans un magasin désaffecté. Jugnot, qui interprétait le rôle de Pigoil, a résumé l'argument à notre intention : trois ouvriers, trois copains, en plein Front populaire, décident d'occuper le music-hall qui vient de les licencier alors que l'Assistance publique tente de lui arracher, à lui Pigoil-Jugnot, le gamin qu'il élève seul. Le photographe a insisté pour nous photographier, François et moi, encadrés par les trois vedettes masculines et le réalisateur. En souvenir.

J'ai eu la surprise de découvrir les clichés dès le lendemain matin, en ouvrant mon mail. Il y avait également un message personnel envoyé à François sur la boîte college64@yahoo.fr, protégée par le code « cargo », que j'avais créée pour capter son courrier.

Cher François,
Je ne suis pas surpris de ton silence. Pour être franc, je m'y attendais. Je me doutais que pour toi cette page était définitivement tournée. Notre histoire n'a duré que quelques jours, une semaine tout au plus, mais elle m'a accompagné tout au long de ma vie, comme un trouble qui me révélait. Je n'ai jamais eu d'autre aventure avec un homme, ni aucune tentation ; cela a correspondu à cette période de pleine adolescence que tous les camarades de classe décrivent chacun à leur manière sur le forum. Avec cette aspiration à ne plus être seul, à être partie intégrante d'un groupe, d'une bande, d'un mouvement. Il fallait, littéralement, faire corps. Ceux qui nous surnommaient « les siamois » en avaient confusément conscience. Peut-être était-ce là ma vérité et peut-être suis-je passé à côté de ma véritable vie ?
Je me suis marié à Nantes, à vingt-trois ans, avec une fille que je n'aimais pas particulière-

ment. J'avais surtout besoin de quelqu'un. Notre couple était mort-né, il a survécu deux interminables années. Ensuite, j'ai papillonné avant de rencontrer Elissa qui m'a donné un trésor, ma fille Kathia. Dix années d'un bonheur sans nuages qui s'est fracassé un soir de mars 1990 sur l'autoroute en rentrant vers Nantes, à la hauteur d'Ancenis. Un type bourré a pris la voie en contresens. On ne comprend rien quand ça vous arrive. J'ai braqué sur la gauche, au dernier moment. Dans le choc, il a arraché toute la partie droite de la voiture, où se trouvaient ma femme et ma fille... Mortes sur le coup.

Je ne sais pas pourquoi j'ai échappé au massacre. La scène me revient à tout moment, avec l'éblouissement des phares, le hurlement des klaxons, le crissement des pneus... Chaque fois, c'est plus fort que moi, je braque sur la gauche pour l'éviter, alors qu'il faudrait foncer tout droit pour rester ensemble, tous les trois... Je sais que je ne m'en remettrai jamais. Pendant plus de dix ans, j'ai vécu comme un fantôme, un zombie, mon ombre avait davantage de présence que moi sur cette terre. Les psychologues avaient beau m'expliquer que je n'y étais pour rien, que j'avais fait tout ce qu'il fallait, il m'est arrivé plus d'une fois de renverser le contenu du tube de cachets dans ma paume, d'amorcer le mouvement vers ma bouche...

C'est quand on est au plus bas que le miracle se produit, à l'image de cette impulsion de l'extrémité du pied, au fond de la piscine, qui vous fait remonter à la surface... Pour moi, ça a pris la forme d'un voyage professionnel en Russie auquel j'avais essayé d'échapper. Je travaille dans les systèmes de climatisation, et nous devions équiper les nouveaux bâtiments d'une chaîne d'hôtels à Moscou et Saint-Pétersbourg. L'histoire classique de l'homme d'affaires esseulé, de la charmante interprète à laquelle on se confie...

Sauf que, parfois, le cliché correspond à la réalité. Elle s'appelle Katarina, je crois te l'avoir écrit dans mon premier courrier, et nous attendons un enfant dont je souhaite toujours que tu sois le parrain. Je ne t'ai pas raconté tout ceci pour te forcer la main. La demande est sincère.

Christian Ellenec m'a téléphoné avant-hier. Il envisage de proposer sur le forum que nous nous rencontrions, tous ceux de la photo, du moins ceux qui restent. Un repas amical dans un restaurant, pour renouer les relations. Il tâtait le terrain. Je lui ai dit que pour moi, c'était d'accord. De ton côté, qu'en penses-tu ?

À te lire.

Ton ami,

Denis Ternien

Pour la première fois depuis que je m'étais laissée aller à regarder par-dessus l'épaule de François, je me sentais vraiment mal à l'aise. Non pas en apprenant qu'il avait eu une brève liaison avec un copain de classe, alors qu'il n'avait jamais évoqué cet épisode devant moi, mais parce que j'avais le sentiment de trahir la confiance que lui manifestait Ternien. Je savais qu'il me serait impossible de répondre à un pareil appel, que la seule solution qui me restait consistait à faire l'aveu, à François, du jeu auquel je me livrais à son insu. Travaillée par ce sentiment de culpabilité, je n'ai lu qu'avec distance le courriel suivant.

Bonjour à tous les abonnés du forum,

En prenant connaissance, jour après jour, des textes envoyés sur ce site, on se rend compte que notre minuscule communauté n'a pas été épargnée par l'Histoire, par la dureté des temps... Mais il n'en a pas été différemment pour les autres générations. On peut même penser que nous avons été ménagés, en échappant aux guerres, par exemple. J'ai retrouvé un de mes vieux cahiers, celui de la classe du certif. Je me souviens que ceux qui ne passaient pas l'obstacle ne pouvaient accéder à la voie royale du collège. Ils partaient vers l'usine et, pour beaucoup, ils disparaissaient de notre horizon. On les croisait dans les rues du Montfort. C'était comme si on n'appartenait plus au même monde. À leurs yeux, nous étions des nantis, aux nôtres, c'était des ratés.

L'instit s'appelait Michel Lejeune, la cinquantaine autoritaire et la générosité d'un hussard de la République. Blouse grise, regard soupçonneux, partisan d'un enseignement offensif où, à bout d'arguments raisonnables, la pédagogie pouvait

154

prendre la forme de la volée de coups à l'aide de la longue règle posée près du tableau noir et qu'il ne quittait jamais des yeux. Son frère, Max, disposait d'autres moyens pour se faire respecter : ancien secrétaire d'État socialiste aux Armées, le général de Gaulle l'avait nommé au fauteuil de ministre du Sahara en pleine guerre d'Algérie. À la veille du 11 novembre 1962, nous avons dû prendre note d'une dictée patriotique que notre instit lisait à voix haute en sillonnant les allées, entre les pupitres, frappant le carrelage du bout de la règle pour marquer la ponctuation.

— Prenez vos porte-plumes, et écrivez ces lignes que mon propre père, combattant de la guerre de 1914-1918, a prononcées devant le monument élevé en l'honneur des martyrs de son village du Nord. Écrivez :

« Nous sommes les enfants de la France. Notre pays s'étend de la mer du Nord à la Méditerranée et des bords du Rhin à l'Atlantique. Il est vaste, il est beau, il est fertile, il est riche, si riche que ses voisins rapaces songeaient à nous le ravir. Ils voulaient nous soumettre à leur domination, nous imposer leurs lois, leur langue, leur rude discipline qui ravale l'homme au rang de la bête passive. Ils rêvaient de nous imposer leur « kolossale kultur », leur bière de Munich et leur aigre choucroute. Et nous n'aurions plus été des Français, nous n'aurions plus pensé librement, et nous aurions abdiqué notre qualité de peuple indépendant et nous aurions été condamnés à un esclavage moral atroce, sous le régime du sabre et de la schlague. Les Boches de proie avaient la supériorité du nombre ; ils possédaient une artillerie formidable, des milliers de mitrailleuses ; ainsi que des bandits, ils étaient armés jusqu'aux dents. Ils avançaient certains de la victoire. Nous n'oublierons jamais l'angoisse qui nous étreignit quand les premiers malheurs fondirent sur notre patrie en 1914. Notre salut ne pouvait être assuré que par un miracle. Ce miracle a été accompli par vous, ô sublimes morts de la Grande Guerre. Nous apportons au pied du monument élevé à votre impérissable gloire le tribut de notre amour et de notre inaltérable gratitude. »

Dans la marge du cahier figurent les corrections aux huit fautes commises par votre serviteur (le « t » manquant à tribut, le « ô » transformé en « Oh »...), les commentaires sur le peu de sûreté de l'écriture, les ratures, les inévitables pâtés, le manque d'affirmation des pleins et des déliés... C'est ainsi que l'on nous apprenait la fidélité à la République. Tout était mis sur le même plan, enveloppé dans les plis du drapeau tricolore, rythmé par les strophes de *La Marseillaise* : la Révolution de 1789-1793, la guerre d'intérêts économiques de 1914-1918, la guerre antinazie de 1939-1945, la nécessité de conserver « nos » colonies. Tous les martyrs se valaient, il fallait être français sans distinction.
On sentait la gêne, à la maison, dans les familles où on supervisait les devoirs. Bien qu'ils

aient quitté l'école depuis des dizaines d'années, nos parents, les habitants de la cité du Pont-Blanc, de la résidence Robespierre, de la sente des Prés-Clos, avaient compris qu'il y avait quelque chose qui clochait, que certains étaient bien plus égaux que d'autres. Il leur arrivait, plus souvent qu'à leur tour, de choisir un autre camp que celui de la République officielle.

Pendant plusieurs mois, au cours de la guerre d'Algérie, des quartiers entiers étaient gardés jour et nuit par des sortes de milices ouvrières, pour protéger la population contre les poseurs de bombes de l'OAS, surtout après la tentative d'assassinat qui avait visé le maire d'Aubervilliers. Certains de ceux qui patrouillaient avaient exhumé de leur planque des pistolets, jusqu'à des mitraillettes rescapées des combats de la Résistance, de la Libération. Une nuit, la tension a atteint son paroxysme, quand une partie de l'armée d'outre-mer a tenté un putsch. Les parachutistes menaçaient de sauter sur l'aéroport du Bourget, à deux kilomètres de chez nous, pour ensuite marcher sur l'Élysée... Tout le monde s'était rassemblé devant la loge de la mère Lamy, une foule déterminée, prête à les accueillir avec autre chose que des brassées de fleurs.

J'ai vécu cette ambiance-là deux autres fois, par la suite. La première dans l'euphorie de mai et juin 1968. Plus d'une centaine d'entreprises étaient en grève, occupées par le personnel. La boucherie industrielle la Nationale, les établissements Courtine, Lourdelet, Corblin, Poutrait-Morain, Longométal, Guiot, Delannerie et Valade... Il régnait dans la ville une atmosphère de fraternité, de territoire libéré. Et comme toutes les stations-service étaient à sec, avec l'arrêt des raffineries, la banlieue était devenue une vaste zone piétonnière où l'on ne cessait de se croiser, de se parler, de s'encourager.

La deuxième fois, ce n'était plus pareil. Pas la moindre trace d'euphorie, de joie ni de camaraderie. C'était il n'y a pas si longtemps que ça, en novembre 2005. Tout le monde s'en souvient. Trois mômes sans histoire qui reviennent d'un entraînement de foot, à Clichy-sous-Bois, et qui tentent d'éviter l'un de ces contrôles de police incessants. Ils se mettent à courir. Pris en chasse, ils pénètrent sur un site d'EDF, se réfugient dans un transformateur. Bilan : deux morts, un blessé grave. Puis, en guise d'hommage barbare, la révolte des périphéries dans laquelle s'expriment toutes les humiliations, tous les mépris subis. Une jacquerie de banlieue, une émeute zonarde, avec des bagnoles en feu en lieu et place des barricades, des écoles incendiées à défaut de châteaux inaccessibles. Le gymnase du collège Gabriel-Péri a constitué l'un des objectifs des insurgés. Personne aujourd'hui encore n'est capable de dire pourquoi. Il n'en reste que des ruines noircies qui attendent la pelle d'un bulldozer, derrière le réfectoire et les cuisines.

Là aussi, après 1961 et 1968, les gens des quartiers se sont rassemblés pour organiser des veilles citoyennes, afin de protéger les écoles maternelles, les lycées, les services publics de la colère sans boussole de leurs propres enfants. En 1961, ils étaient coude à coude pour barrer la route aux paras fascistes, en 1968, ils se retrouvaient main dans la main pour exiger d'être considérés comme des êtres humains jusque derrière les hauts murs des usines. Là, ils se serraient les uns contre les autres dans l'espoir de conjurer le malheur. Coupés de leurs propres mômes.

Cela suffit à montrer l'ampleur du désarroi. Cet espace autrefois solidaire est devenu un grand corps malade, un homonyme de celui qui slame sans se lamenter : « À cette putain de cité j'suis plus qu'attaché, même si j'ai envie de mettre des taquets aux arracheurs de portables de la place du Caquet. »

Sinon, j'ai lu avec beaucoup d'intérêt les textes envoyés par Joëlle et Christian Ellenec. Ils ont l'avantage de nous laisser dans l'espoir que rien n'est définitivement figé, que le nouveau surgit souvent là où on l'attend le moins.

Amitiés à tous.

Edgar Bernot

François s'est approché de moi, quelques minutes plus tard, alors que je m'épilais les sourcils devant la glace de la salle de bains. On a parlé par reflets interposés.

— Hier soir, je n'ai pas eu le temps de te demander comment ça s'était passé, à la clinique... Je suis vraiment désolé...

— Ne t'inquiète pas. Tout va pour le mieux. Dès l'instant où je respecte bien le traitement, il n'y a pas de problèmes. Et toi, avec Mangin, toujours le grand amour ?

— Ce n'est pas drôle...

— D'accord... Tu as réussi à le coincer ?

— J'ai fait ce qu'on s'était dit l'autre soir... J'ai refusé sa proposition. Il était vert de rage. Avant de tourner les talons, il n'a rien trouvé à me dire, que ça : « Après, ne venez pas vous plaindre ! » Comme s'il s'adressait à un enfant !

— Et toi, qu'est-ce que tu lui as répondu ?

— Qu'il ne compte pas là-dessus. Je lui ai balancé : « Si je commence à me plaindre, c'est que c'est moi qui suis à plaindre ! » J'ai eu le sentiment qu'il ne comprenait pas.

— Il faut reconnaître qu'il vaut mieux se repasser la réplique pour tout saisir...

— Chipie !

Le miroir a multiplié le baiser qu'on a longuement échangé. Nous avons marché, enlacés, jusqu'à la station Nation. Nous nous sommes quittés dans les couloirs quand j'ai pris la direction de République.

Je suis restée enfermée dans une salle de projection minuscule pendant toute la journée (un petit quart d'heure de répit au soleil, le midi, sur la terrasse plein ciel, en tête à tête avec une part de pizza). Je devais visionner les spots lauréats dans chacune des catégories du dernier festival international du film publicitaire ainsi que la présélection pour le suivant. Je ne m'y déplaçais qu'une année sur deux. Un bon cru. Toutes les récompenses étaient amplement méritées, comme d'habitude. Je me suis juste fait la réflexion que plusieurs auraient pu être permutées. Le jury avait privilégié l'efficacité du message, sa réception première par le public. Il avait choisi de faire passer au second plan ce qui, à mon sens, reste dans les têtes : l'humour, la poésie. J'ai été très impressionnée par *Impossible Dream*, la séquence de promotion pour Honda d'Ivan Zacharias, et par la campagne d'Air France, *The Jetty*, réalisée par le metteur en scène chinois Hou Hsiao Hsien. J'ai tout de même réussi à repérer deux autres cinéastes, Steve Hudson et Paolo Vari, dont l'univers était compatible avec notre ligne éditoriale.

Le temps s'est alourdi en fin de journée, me décourageant de prendre le métro. L'orage qui s'annonçait me laissait un répit suffisant. J'ai enfourché un vélo pour remonter le boulevard Voltaire. Pendant dix minutes, je me suis échinée à mouliner, à pédaler comme une malade pour faire avancer l'engin, les mollets en feu, le visage ruisselant de sueur, avant de comprendre que les vitesses ne marchaient pas. Échange standard à la station suivante, Oberkampf. Je suis rapidement passée sous la douche, à la maison, avant de brancher l'ordinateur, dans le dressing. Le dynamiteur était revenu dans la partie pour mettre nos nerfs à rude épreuve. Les miens, particulièrement.

Estimés collègues,

La chasse au Tarpin est donc ouverte, et c'est Ellenec (bon sang ne saurait mentir) qui a décidé de lancer la meute à mes trousses. Je suis assez serein, vu son manque de flair. Il devrait prendre quelques cours à la section de recherches de la gendarmerie, à tout le moins relire ce bon Conan Doyle pour se remettre en mémoire les bases de la science déductive. Un simple examen de la photo du pèlerinage chez Arthur Martin lui fait avancer cette contrevérité : le seul à ne pas s'être exprimé sur le forum, ou à ne pas être évoqué par les survivants, serait Ahmed Ayahoui. Donc, Armhur = Ayahoui. Ce cher Christian oublie deux autres personnages. Tout d'abord le photographe... Rassurons-le, ce n'est pas là que se cache la solution. La prise de vue, certains pourront le confirmer, a été effectuée avec un appareil muni d'un déclenchement différé. Je me souviens que c'est Jean-Pierre Brainard qui a réglé la minuterie avant de courir se placer face à l'objectif. L'imprécision dans le cadrage qui en résulte fait que la mystérieuse personne placée à l'extrême droite, près de François Bourdet, ne peut être identifiée. On ne voit d'elle qu'une partie de la joue, l'oreille, quelques mèches de cheveux. Il faudra donc résoudre cette énigme pour prétendre percer l'Armhur de Tarpin qui vous salue bien.

En arrivant à la maison, François m'a trouvée allongée sur le canapé, tenant à la main un verre de Glenglassaugh, un malt côtier de vingt ans d'âge que nous avions rapporté l'année précédente d'un week-end dans le Speyside, au bord du golfe de Moray.

— Tu ne t'embêtes pas !

Je n'ai pas répondu immédiatement, attendant, pour ouvrir la bouche, que se dissipe la longue douceur des notes finales, que s'estompe la pointe légère de l'amertume, que se dissipe le chaud parfum de cerneaux de noix. Du plaisir en cascade.

— Je suis claquée. J'avais besoin de voyager au loin, sans passeport, et d'être là à ton retour...

— Merci... Je croyais que tu t'étais organisé une journée tranquille...

J'ai incliné la tête vers l'arrière pour faire rouler la dernière goutte sur la paroi du verre.

— Cent cinquante spots en rafale... C'est à vous dégoûter de la pub ! Je crois que je l'ai bien mérité, non ?

François s'est dirigé vers le bar pour se servir un verre. J'ai tendu le mien, qu'il a généreusement rempli.

— Cent cinquante ! D'après moi, ça s'apparente à du harcèlement moral... Il y avait des choses bien ?

La pression était trop forte, je ne supportais

plus le malaise que j'avais moi-même créé. C'est sorti comme ça a pu, sans que je puisse contrôler les mensonges qui devaient me servir de passerelle vers la vérité.

— À boire et à manger... Les Chinois, les Coréens sont de plus en plus surprenants... Ils commencent à tout rafler. Il y avait un clip de trente secondes de toute beauté pour la promotion d'un site de rencontres sur Internet, www. camarades-de-classe.com... Tu connais ?

— Non, mais je ne suis pas le bon client : j'ai déjà du mal à me rappeler les noms des chaînes de télé... Tu me dis que c'est un club de rencontres ?

— Pas tout à fait... Comment dire... En gros, c'est un espace de mise en relation tourné vers le passé plutôt que vers l'avenir.

— Essaye de parler en langue normale, tu n'es plus au bureau... Tchin !

Il s'est approché, pour trinquer.

— D'accord. On retrouve des amis d'enfance, des copains d'école, de régiment, de boulot, des membres éloignés de la famille... Un peu comme dans les séries américaines du genre *Cold Case*, quand tu vois les acteurs aujourd'hui et le corps qu'ils habitaient vingt ou trente années auparavant... Toi, par exemple, tu n'as jamais eu envie de revoir des gens que tu as perdus de vue ?

François a écarquillé les yeux.

— Du moment que tu es là, pour moi le monde est au complet...

— Sois sérieux... Ils s'appelaient comment, tes meilleurs copains, au collège, au lycée ?

Il a bu une gorgée de whisky avant de me répondre.

— Tu me demandes de faire un saut arrière de près d'un demi-siècle, sans entraînement ! Et sans filet... Tu te rends compte ? Des proches, il y en avait sept ou huit... En plus, tu les connais aussi bien que moi. Georges Mandelberg, un fou de musique dont les parents tenaient la Boutique de Sheila, vers la mairie... Frédéric Allard, le fils du gérant du cinéma, le Family. Sympa comme tout. Il nous faisait entrer gratos pour voir *Michel Strogoff*, *Le Jour le plus long*... du kung-fu, des westerns-spaghettis, et même mes premiers pornos, un peu plus tard... Une grande perche, Pascal Zavatero. Lui, il a joué le rôle de Don Quichotte quand on a monté la pièce, en classe de troisième... Ahmed Ayahoui aussi. Un chic type. Une partie de sa famille a été tuée d'une rafale de mitraillette, dans un café du Landy, pendant la guerre d'Algérie... Mais le vrai pote, c'était Denis Ternien. Nous étions inséparables. À Gabriel-Péri, je ne sais pas si tu te souviens, on nous surnommait « les siamois »... Par la suite, on s'est retrouvés ensemble au lycée technique, dans l'enfer du Corbu...

165

— Tu n'as pas eu, quelquefois, envie de savoir ce qu'ils étaient devenus, de les revoir ?

— Bien sûr que si... On ne guérit jamais de sa jeunesse...

— Tu voudrais que je t'inscrive sur le site ? On peut essayer, ça ne coûte rien...

— Non merci, Dominique chérie. Je ne suis pas très bon dans le style *revival*. On a pris assez de coups comme ça, tous les deux. À un moment donné, c'est l'overdose. Je n'arrive plus à encaisser comme avant, je me sens fatigué... Chaque fois que l'on rencontre du monde, je me pose les mêmes questions. Qu'est-ce qu'ils vont penser, qu'est-ce qu'ils vont dire ? Ou pire, qu'est-ce qu'ils ne vont pas dire mais penser si fort que ça m'atteindra à la puissance dix ? Ça me mine, Dom, ça me tue. Leurs regards surtout. Alors je préfère passer à côté, prendre du champ, faire l'impasse même si, au bout du compte, je me prive... Ce n'est pas dirigé contre toi, tu le sais très bien. Je ne peux pas faire autrement, c'est tout.

Puis il s'est levé pour aller préparer l'un de ses plats préférés, des seiches grillées à la vapeur d'ail accompagnées de pâtes fraîches à l'encre. J'en ai profité pour retourner devant l'écran. Le dernier personnage dont on voyait le visage en totalité sur la photo de Reims venait de déposer un message sur le forum.

Chers vieux amis,

Je vous écris de Tallahassee, en Floride, où je suis installé maintenant depuis une vingtaine d'années après des incursions en Afrique noire, au Canada, au Vietnam, et une tentative avortée de m'acclimater à l'Algérie... J'enseigne les littératures francophones à l'université d'État où j'accorde une large place aux écrivains algériens (Assia Djebar, Tahar Djaout, Rachid Mimouni, Leïla Sebbar, Abdelkader Djemaï, un ami avec lequel j'entretiens une correspondance. Il vit, peut-être le savez-vous, depuis une dizaine d'années à Aubervilliers, pas très loin du collège Gabriel-Péri). Je suis marié à Janis. Nous avons trois enfants, Jazmin, Jamir et Jaliyah, et cinq petits-enfants dont l'aîné, Jaxson (il va sur ses dix-huit ans) est à la source de ce courriel. Il se passionne pour la généalogie et reconstitue très patiemment non pas l'arbre, mais la forêt de son ascendance. J'ai beau lui répéter qu'il est surtout d'origine sexuelle, depuis l'époque des cavernes, cela ne lui suffit pas. Ses recherches l'ont amené à surfer sur le site <u>www.camarades-de-classe.com</u> où mon nom était mentionné au moins à deux reprises. Il m'a transféré vos interventions, et j'ai longtemps hésité avant de me décider à vous répondre.

Je tiens dès le départ à rassurer Christian Ellenec en levant tous les doutes sur ma possible utilisation du pseudonyme très romanesque d'Armhur Tarpin. J'ai relu plusieurs fois les courriels de ce mystérieux correspondant, et j'avoue ne pas bien comprendre où il veut en venir. Que cherche-t-il ? Peut-être tout simplement lui-même...

J'ai surtout ressenti beaucoup de douleur en apprenant le décès de Frédéric Allard. Je me souviens de lui assez précisément, et je n'aurais jamais imaginé qu'il puisse devenir détective.

Beaucoup de compassion, aussi, en prenant connaissance du parcours vers les abîmes de mon ami Philippe Laurisse. J'ai revécu les soirées sur la terrasse de la cité de la Frette, dans la douceur de cet été 1964, entendu les accords de guitare de Mandelberg, retrouvé le goût sucré des fraises que l'on mangeait en regardant les étoiles, la course échevelée pour échapper aux locataires en mal de sommeil... C'est ainsi que je veux le voir quand j'irai à sa rencontre dans sa boîte de voirie du quartier Beaubourg lors de mon prochain séjour à Paris.

J'ai dû respirer très fort quand j'ai lu ce qui était écrit sur un des mails, sans aucune précaution : que mes parents avaient été assassinés... Ces mots, ces simples mots m'ont une fois encore ravagé. J'ai mis des heures à reprendre pied. La littérature possède rarement cette puissance qui vous coupe le souffle. Oui, en effet, mes parents ont été assassinés alors que je n'avais que onze ans, et leurs assassins n'ont jamais été inquiétés, sinon par Dieu. Je me souviens que, le lendemain, j'étais dans la file qui s'ordonnait, sous le préau, avant de monter l'escalier. Il a fallu que j'aille accrocher mon manteau à l'une des patères du couloir, que j'entre dans la classe de M. Serra, comme si de rien n'était. Je les serrais, justement, les dents, pour ne pas hurler mon désespoir pendant le cours, au lieu d'apprendre l'Histoire de France.

Toute la famille, du côté paternel comme du côté maternel, venait des palmeraies du bord du désert, au sud d'Alger. Elle en était partie parce que la vie n'y était pas aussi sucrée que les dattes deglet nour que je fais venir de Biskra, chaque Noël, pour les manger les yeux fermés et retrouver les miens. Immigrés de l'intérieur, ils se sont tout d'abord installés à Alger, dans le quartier musulman d'Al Aguiba, en bas de la Casbah.

Mon père travaillait dans une menuiserie. C'est lui qui avait fabriqué tous les meubles, à la maison... de ses mains. En 1943, marié depuis seulement trois mois, il a rejoint l'armée française qu'on venait de reconstituer. On l'a affecté au 40e régiment d'artillerie nord-africain basé à Temara, au Maroc. C'est ce régiment qui a donné naissance à la Division Leclerc. Tout l'équipement était américain, et j'ai une photo où on peut confondre mon père avec un GI... Je la regardais souvent quand j'étais enfant, et c'est peut-être ce cliché aux bords dentelés qui m'a inconsciemment poussé vers les États-Unis... Après, il a traversé l'océan, jusqu'à l'Écosse, pour recevoir une formation militaire, puis de là il est descendu vers le sud de l'Angleterre d'où il a embarqué pour la Normandie, le 1er août 1944. Trois semaines de combats acharnés pour entrer en libérateur dans Paris, le 24 août, avec les républicains espagnols de la 9e compagnie du régiment de marche du

Tchad dont notre prof, Miguel Rodriguez, nous a parlé à plusieurs reprises ! Mon père nous racontait, quand nous allions au marché près de la basilique, que cinq de ses amis avaient été tués dans les combats contre les nazis, à Saint-Denis. Ils sont enterrés au cimetière musulman de Bobigny. Il a continué à se battre jusqu'à la prise de Strasbourg, avant d'être grièvement blessé et d'être rapatrié en région parisienne.

Ma mère a traversé la Méditerranée à son tour en 1947. Ma sœur est née en 48 et moi l'année suivante. Mes parents ont milité au Mouvement national algérien de Messali Hadj bien avant le début de l'insurrection. Comme beaucoup de gens du Sud. Ensuite, mon père est passé au FLN, ce qui était le cas de la grande majorité des Algériens de la banlieue Nord, venus de Kabylie.

Il travaillait le bois dans une impasse qui donnait rue du Pont-Blanc, face à l'entrée du cimetière. Un univers déglingué que les premières cités commençaient à grignoter... Des baraques bricolées avec des matériaux de récupération, des trottoirs défoncés, des rues aux pavés disjoints, le tout mal éclairé, la nuit, par des réverbères à gaz aux vitres cassées. Une casbah de banlieue dont il ne reste plus rien. Juste à côté de la menuiserie, il y avait une biscotterie où ma mère allait donner un coup de main, de temps en temps, pour l'ensachage. Au moment des cuissons, le quartier sentait bon le pain grillé. On pouvait acheter les biscottes cassées en vrac, pour le quart du prix normal.

C'est tout près de là que mes parents ont été mitraillés, dans la rue, à cent mètres de l'Hospice des Vieillards alors qu'ils allaient faire leurs courses au marché de la Mairie, un an avant l'Indépendance. Des témoins ont raconté ce qui s'était passé. Une Traction noire aux plaques maculées de boue qui ralentit pour se porter à leur hauteur. Un homme, sur le siège avant, une cigarette aux lèvres, demande du feu à mon père. Dès qu'il s'approche, l'homme assis à l'arrière sort le canon d'une mitraillette par la fenêtre baissée. Une interminable rafale... Ils sont morts sur le coup. L'un des témoins a dit avoir reconnu le chauffeur. D'après lui, il s'agissait d'un des policiers supplétifs algériens qui étaient basés dans un hôtel-restaurant transformé en casernement, rue de la Goutte-d'Or, en remontant vers la Villette. On murmurait qu'on y torturait dans les caves. L'enquête n'a jamais abouti, puis il y a eu l'amnistie. Dans la foulée, la justice a prononcé un non-lieu.

Nous avons été recueillis par nos oncles, mes deux sœurs, mon petit frère et moi. Nous étions aidés, sans que personne n'en sache rien, par les prêtres ouvriers de la paroisse Saint-Paul-du-Montfort. Mes parents reposent au cimetière musulman de Bobigny où mon père a retrouvé ses camarades de combat, lui le soldat de deux libertés, la française et l'algérienne. Ma mère est enterrée près de lui, à quelques mètres d'un de ses oncles, Ahmed Boughera El Ouafi. Ce nom ne vous dira sûrement rien, pourtant, c'est celui que porte la rue qui mène au Stade de France, à Saint-Denis, pour honorer la médaille d'or du marathon qu'il a décrochée aux Jeux olympiques d'Amsterdam, en 1928.

Je pourrais tirer encore des dizaines de fils du souvenir, mais je ne veux pas abuser de votre temps ni de votre patience.

Pour finir, j'aurais une proposition à vous faire. J'avais prévu depuis longtemps de me rendre en France pour l'organisation d'un colloque sur les littératures du Maghreb. Je pars dans une quinzaine de jours. Je dois rencontrer de nombreux écrivains, des collègues universitaires, mon programme est plus que chargé, mais je trouverai bien à libérer une soirée pour que nous nous rencontrions... Je lance cette idée à tout hasard. À vous de la saisir si vous en avez envie.

Très cordialement à tous.

Ahmed Ayahoui

Je suis descendue à la cave d'où j'ai remonté une bouteille d'alticelli, un vin de paille d'Italie qui se marie parfaitement avec la seiche grillée. Après le troisième verre, et alors que la chaleur du Glenglassaugh irriguait encore mes veines, j'ai trouvé le courage de tout avouer à François. Il a piqué une lamelle de seiche qu'il a goûtée consciencieusement, m'invitant à l'imiter.

— Alors, qu'est-ce que tu en penses ?

Je me suis lancée.

— Je sais que tu vas m'en vouloir...

— Pourquoi ? Si tu trouves que je les réussis mieux d'habitude, eh bien, je suis complètement de ton avis... Elles sont un peu trop fermes... Il ne manque pas grand-chose... Cinq minutes de cuisson. Je m'en doutais, sauf que dès qu'on a mis la sauce, on ne peut plus revenir en arrière... Par contre, le vin, tu es tombée pile ! Une merveille...

— Les miennes sont fondantes... Ce n'est pas ça... Je voulais te parler d'autre chose... De ce site, www.camarades-de-classe.com...

— Oui, et alors ?

— Il n'y a jamais eu de spot publicitaire... Je ne savais pas comment te le dire... Je m'y suis inscrite, il y a une semaine... Voilà.

— C'est bien, chérie. Pourquoi prends-tu autant de précautions ? Tu sais bien que ce qui te fait plaisir me fait plaisir à moi aussi...

— Ce qui est compliqué, c'est que je n'ai pas pris mon nom, mais le tien... Je me suis fait passer pour toi...

Il s'est levé, s'est dirigé vers moi en contournant la table, m'a embrassée avant de partir d'un grand rire.

— Enfin ! Plus d'une semaine que j'attendais ça ! Je me demandais combien de temps ça allait encore durer, tes manières d'espionne !

Je me suis mise à balbutier.

— Pourquoi... Comment... Tu étais au courant ?

Il est allé prendre son téléphone BlackBerry sur la table basse, l'a branché, s'est mis à pianoter sur les touches.

— Depuis le début... J'ai reçu le tout premier message de Denis, celui où il me demandait d'être le parrain de sa fille... Je m'interrogeais sur ce que j'allais lui répondre quand j'ai intercepté le courriel dans lequel tu créais ton adresse protégée college64@yahoo.fr. Tous tes échanges avec la bande de copains sont là, dans la chronologie...

— Tu es gonflé, François... Tu aurais pu...

— Comment ça, « j'aurais pu » ? Tu ne vas pas inverser les rôles ! N'exagère pas. Je me suis contenté de te suivre. C'est toi qui as démarré la partie...

— Tu devais bien t'amuser en me regardant être toi... non ?

Il s'est versé un fond d'alticelli.

— Bien plus que tu ne crois. J'ai suivi ton idée : moi aussi, j'ai pris un pseudo...

— Ne me dis pas que c'est toi... que tu es...

— Bien sûr que si : depuis une bonne semaine, tu vivais avec Armhur Tarpin ! Il y avait du monde à la maison. Tu étais toi et moi. Moi, de mon côté, j'étais moi et lui...

La veille du jour où nous devions rencontrer les survivants de Gabriel-Péri, Mangin a été victime d'un accident cérébral. Son assistant ne sem-

174

blait pas aussi pressé de liquider le labo, ce qui donnait un répit à François. Avant de prendre le métro pour nous rendre au restaurant, je l'ai dissuadé de révéler qu'il s'était dissimulé, sur le forum, derrière l'identité du perturbateur Armhur Tarpin.

— Je pense que ça va être assez compliqué comme ça, pas la peine d'en rajouter...

En plus de nous deux, Denis Ternien, Christian Ellenec, Georges Mandelberg, Jean-Pierre Brainard, Edgar Bernot, Paul Genovese, Roland Berthier et Robert Deflanques avaient répondu à l'invitation lancée par Ahmed Ayahoui depuis Tallahassee. Seul le Néo-Calédonien Pascal Zavatero manquait à l'appel. Il avait fait parvenir un bouquet de fleurs océaniennes qui décoraient la salle. Nous sommes descendus à la station Quatre-Chemins, puis il a fallu prendre le bus jusqu'à la mairie. Nous nous sommes promenés dans les rues du vieux village pour épuiser l'heure qui nous séparait des retrouvailles. Un café, La Marmite, s'était installé au rez-de-chaussée de l'immeuble de la Boutique de Sheila. Autour de la place, le Comptoir français comme le torréfacteur avaient disparu. Le Family avait été remplacé par une Société générale. Un Crédit agricole occupait les locaux du vendeur d'électroménager, tandis que la salle de l'Éden Cinéma accueillait des mariages, des fêtes familiales africaines. Plus rien ne subsistait des vitrines du photographe spécialisé dans le mariage, la communion et où, à son arrivée à Paris, Ho Chi Minh travaillait... Un snack chinois s'était logé dans les murs de la charcuterie qui faisait l'angle, une échoppe libanaise dans la deuxième, près de l'impasse. La boucherie chevaline et la mercerie venaient d'être réunies pour agrandir une maison de la presse. En face, l'ancien marchand de journaux s'était métamorphosé en une vaste librairie à l'enseigne des Mots Passants. Une affiche, sur la devanture, annonçait une rencontre avec Denise Epstein, la fille de l'écrivain Irène Némirovsky. Plus loin, une tête de veau blanchie, du persil dans les naseaux, narguait les passants derrière la devanture du boucher.

Nous avons fait le tour de l'église. Accroupie contre la porte de la sacristie, une femme nous a interpellés : « T'as pas un euro ? » François s'est allégé d'une pièce, puis nous avons longé le minuscule jardin pour rejoindre une des institutions locales, le Restaurant d'Aubervilliers qu'avait longtemps tenu la famille Vernes. Nous étions les derniers. Quand nous sommes arrivés, chacun avait fini de chercher les traces de la jeunesse dans les visages patinés par le temps, certains miraculeusement préservés, d'autres affreusement outragés, qui se présentaient. Denis Ternien s'est précipité sur François, l'a embrassé, puis il m'a tendu la main, sans me regarder vraiment. Quelques femmes étaient présentes, dont Joëlle Ellenec qui n'avait rien perdu de sa superbe. Ahmed Ayahoui est venu vers moi pour me souhaiter la bienvenue. Puis je me suis retirée dans un coin, un verre de champagne à la main. Jean-Pierre Brainard s'est avancé au centre de la pièce. Il a demandé le silence.

— Je ne vais pas vous infliger un discours... Je préfère aller à l'essentiel. Je crois que vous partagez tous la même émotion que moi après quarante-trois années de séparation... Presque un demi-siècle ! Je voudrais remercier Christian Ellenec qui a eu l'idée de créer ce forum, ainsi que notre ami Ahmed Ayahoui qui lui a donné un prolongement en nous invitant ce soir sur le lieu même de nos exploits ! Sa modestie lui interdit de vous dire que cet après-midi il a rendu visite à Philippe Laurisse et qu'il a tenté de le persuader de figurer parmi nous... Cela n'a pas été possible. Cela me conduit à vous demander d'avoir une pensée pour Frédéric Allard qui, lui, nous a quittés... et d'excuser Pascal Zavatero qui est tout de même présent grâce à ces fleurs venues des antipodes. Ce que je voulais vous proposer tout d'abord, avant de passer à table, c'est de reconstituer la photo de ce mémorable voyage aux établissements Arthur Martin... Et non Armhur Tarpin comme un squatter de forum l'écrivait. Si vous voulez, nous pouvons passer dans la salle, à côté, et nous disposer exactement comme autrefois... Joëlle va prendre la photo. Merci...

Chacun est venu repérer sa place, à tour de rôle, sur un agrandissement qu'Ellenec avait affiché sur son écran d'ordinateur. Quand tout a été en ordre, j'ai quitté mon coin pour venir prendre position à l'extrême droite, près de François. L'index de Joëlle Ellenec s'est immobilisé au-dessus du bouton déclencheur.

— Qu'est-ce que vous faites, Dominique ?

— Rien. Je me mets sur la photo...

— Je crois que c'est réservé aux anciens de la classe de troisième de Gabriel-Péri...

Je n'ai pas bougé d'un millimètre. Roland Berthier s'est déplacé pour me prendre par le bras.

— Vous ne comprenez pas... Ce n'était pas mixte, Gabriel-Péri. Il n'y avait que des garçons...

J'ai respiré profondément pour me donner du courage, mais ce qui m'a le plus aidée, c'est le baiser furtif de François.

— Je sais. C'est ce que j'étais à l'époque, avant mon opération. Je m'appelle Dominique Vayon, et c'est moi, là, en bord de cadre, celui dont on ne voit qu'une mèche et une partie de la joue.

Il y a eu un grand silence. Joëlle a pris la photo, puis on est passés à table.

DU MÊME AUTEUR

Aux Éditions Gallimard

RACONTEUR D'HISTOIRES, *nouvelles* (Folio n° 4112).

CEINTURE ROUGE précédé de CORVÉE DE BOIS. Textes extraits de *Raconteur d'histoires* (Folio 2 € n° 4146).

ITINÉRAIRE D'UN SALAUD ORDINAIRE (Folio n° 4603).

TROIS NOUVELLES NOIRES, *avec Jean-Bernard Pouy et Chantal Pelletier,* lecture accompagnée par Françoise Spiess (La Bibliothèque Gallimard n° 194).

CAMARADES DE CLASSE (Folio n° 4982).

PETIT ÉLOGE DES FAITS DIVERS (Folio 2 € n° 4788).

GALADIO (Folio n° 5280).

MÉMOIRE NOIRE (Folio Policier n° 594).

Dans la collection Série Noire

MEURTRES POUR MÉMOIRE, *n° 1945* (Folio Policier n° 15). Grand Prix de la Littérature policière 1984 – Prix Paul Vaillant-Couturier 1984.

LE GÉANT INACHEVÉ, *n° 1956* (Folio Policier n° 71). Prix 813 du Roman noir 1983.

LE DER DES DERS, *n° 1986* (Folio Policier n° 59).

MÉTROPOLICE, *n° 2009* (Folio Policier n° 86).

LE BOURREAU ET SON DOUBLE, *n° 2061* (Folio Policier n° 42).

LUMIÈRE NOIRE, *n° 2109* (Folio Policier n° 65).

12, RUE MECKERT, *n° 2621* (Folio Policier n° 299).

JE TUE IL..., *n° 2694* (Folio Policier n° 403).

Dans « Page Blanche » et « Frontières »

À LOUER SANS COMMISSION.

LA COULEUR DU NOIR.

Dans « La Bibliothèque Gallimard »

MEURTRES POUR MÉMOIRE. *Dossier pédagogique établi par Marianne Genzling, n° 35.*

Dans la collection « Écoutez-lire »

MEURTRES POUR MÉMOIRE (4 CD).

Dans la collection « Futuropolis »

MEURTRES POUR MÉMOIRE, *Illustrations de Jeanne Puchol*

Aux Éditions Denoël

LA MORT N'OUBLIE PERSONNE (Folio Policier n° 60).

LE FACTEUR FATAL (Folio Policier n° 85). Prix Populiste 1992.

ZAPPING (Folio n° 2558). Prix Louis-Guilloux 1993.

EN MARGE (Folio n° 2765).

UN CHÂTEAU EN BOHÊME (Folio Policier n° 84).

MORT AU PREMIER TOUR (Folio Policier n° 34).

PASSAGES D'ENFER (Folio n° 3350).

Aux Éditions Manya

PLAY-BACK. Prix Mystère de la Critique 1986 (Folio n° 2635).

Aux Éditions Verdier

AUTRES LIEUX (repris avec *Main courante* dans Folio n° 4222).

MAIN COURANTE (repris avec *Autres lieux* dans Folio n° 4222).

LES FIGURANTS (repris avec *Cités perdues* dans Folio n° 5024).

LE GOÛT DE LA VÉRITÉ.

CANNIBALE (Folio n° 3290).

LA REPENTIE (Folio Policier n° 203).

LE DERNIER GUÉRILLERO (Folio n° 4287).

LA MORT EN DÉDICACE (Folio n° 4828).

LE RETOUR D'ATAÏ (Folio n° 4329).

CITÉS PERDUES (repris avec *Les figurants* dans Folio n° 5024).

HISTOIRE ET FAUX-SEMBLANTS (Folio n° 5107).

RUE DES DEGRÉS (Folio n° 5373).

Aux Éditions Julliard

HORS LIMITES (Folio n° 3205).

Aux Éditions Baleine

NAZIS DANS LE MÉTRO (Folio Policier n° 446).

ÉTHIQUE EN TOC (Folio Policier n° 586).

LA ROUTE DU ROM (Folio Policier n° 375).

Aux Éditions Hoëbeke

À NOUS LA VIE ! *Photographies de Willy Ronis.*

BELLEVILLE-MÉNILMONTANT. *Photographies de Willy Ronis.*

Aux Éditions Parole d'Aube

ÉCRIRE EN CONTRE, *entretiens.*

Aux Éditions du Cherche-Midi

LA MÉMOIRE LONGUE.

L'ESPOIR EN CONTREBANDE.

Aux Éditions Actes Sud

JAURÈS : NON À LA GUERRE !

Aux Éditions Casterman

LE DER DES DERS. *Dessins de Tardi.*
DERNIÈRE SORTIE AVANT L'AUTOROUTE. *Dessins de Mako.*

Aux Éditions l'Association

VARLOT SOLDAT. *Dessins de Tardi.*

Aux Éditions Bérénice

LA PAGE CORNÉE. *Dessins de Mako.*

Aux Éditions Hors Collection

HORS LIMITES. *Dessins d'Assaf Hanuka.*

Aux Éditions EP

CARTON JAUNE. *Dessins d'Assaf Hanuka.*
LE TRAIN DES OUBLIÉS. *Dessins de Mako.*
L'ORIGINE DU NOUVEAU MONDE. *Dessins de Mako.*
CANNIBALE. *Dessins de Emmanuel Reuzé.*
TEXAS EXIL. *Dessins de Mako.*

Aux Éditions Liber Niger

CORVÉE DE BOIS. *Dessins de Tignous.*

Aux Éditions Terre de Brume

LE CRIME DE SAINTE-ADRESSE. *Photos de Cyrille Derouineau.*
LES BARAQUES DU GLOBE. *Dessins de Didier Collobert.*

Aux Éditions Nuit Myrtide

AIR CONDITIONNÉ. *Dessins de Mako.*

Aux Éditions Imbroglio

LEVÉE D'ÉCROU. *Dessins de Mako.*

Aux Éditions Privat

GENS DU RAIL. *Photos de Georges Bartoli.*

Aux Éditions Oskar jeunesse

AVEC LE GROUPE MANOUCHIAN : LES IMMIGRÉS DANS LA RÉSISTANCE.
LA PRISONNIÈRE DU DJEBEL.

Aux Éditions ad libris

OCTOBRE NOIR. *Dessins de Mako.*

Aux Éditions La Branche

ON ACHÈVE BIEN LES DISC-JOCKEYS.

Aux Éditions Jérôme Milon

BAGNOLES, CAISSES ET TIRES. *Dessins de Mako.*

COLLECTION FOLIO

Dernières parutions

Composition Graphic Hainaut
Impression Maury-Imprimeur
45330 Malesherbes
le 8 janvier 2013.
Dépôt légal : janvier 2013.
1er dépôt légal dans la collection : octobre 2009
Numéro d'imprimeur : 178716.

ISBN 978-2-07-039851-5. / Imprimé en France.